U0069165

新日本語能力測驗對策

N2（二級）

聴解練習帳

聴解ワークブック

目黒真実　編著

徐孟鈴　中譯

附MP3 CD

鴻儒堂出版社發行

前　言

　　本書「新日本語能力測驗對策　N2（二級）聽解練習帳」，是為了提高中・上級日語學習者的聽解能力，而編撰的聽解綜合問題集，可用於新日本語能力試驗及日本留學考試。

　　從2010年起，日本語能力試驗的考試內容有了大幅度的修訂。而關於聽解問題的部份，是把出題內容分成了以下六個項目，較大的變更點則是第四到第六點。

一，課題理解：聽一男一女的對話，然後選出適當行動的問題。選項是以文字或插圖表示。

二，重點理解：從文章內容中聽取日程、場所、理由、心情等等的關鍵點。因為選項是以文字表示，所以可以一邊看提示一邊聽。

三，概要理解：從類似大學課堂的授課內容中，聽取說話者的意圖或主張等等的問題。選項是以聲音表示。（N4、N5沒有這類型的題目）

四，發話表現：一邊看圖、一邊聽場面或狀況等的說明，在短時間內選出適當的表現。選項是以聲音表示。（N1、N2沒有這類型的題目）

五，即時應答：對於對方的話應該如何適當回應的即時判斷問題。選項是以聲音表示。

六，統合理解：聽長文回答問題。問題不會在一開始就說出來，只會在唸完文章之後提示一次。包含比較複數情報、設想關連性、回答問題等等的形式。統合理解的第一問的選項是以聲音表示，第二問則是文字表示。（N3、N4、N5沒有這類型的題目）

　　一～三點是舊有的出題形式，四～六點則是新加的形式。特別是第四、五點，是新日本語能力試驗為了測驗溝通能力而設，可說是全新的題型。第六點雖然也是新題型，但長文的部份除了最開始不會提問這一點，與舊有的「沒有圖片的問題」沒有特別大的差異。

　　聽解能力的養成沒有捷徑。習慣出題形式當然很重要，但最重要的還是「多聽」與「增加字彙量」而已。

目 黒 真 実

目　　錄

Ｎ２（二級）

N2（二級）
聴解練習

Unit 1　エコマーク

 メモ

〈単語メモ〉

エコマーク：環保標誌

基準_{きじゅん}：基準

重視する_{じゅうし}：重視

審査する_{しんさ}：審査

メーカー：廠商

混乱する_{こんらん}：混亂

環境表示ガイドライン_{かんきょうひょうじ}：環境標示指標

根拠_{こんきょ}：根據

無公害_{むこうがい}：無公害

曖昧_{あいまい}：曖昧，含糊不清地

うたい文句_{もんく}：口號

罰する_{ばっ}：懲罰

規制する_{きせい}：規定

景品表示法_{けいひんひょうじほう}：贈品標示法

イメージ：印象

取り締まる_{とし}：取締

〈問題〉

1. 本文の内容と合っているものに〇を、合っていないものに×をつけてください。

　⑴（　　）エコマークは地球上のあらゆる国で用いられている。

　⑵（　　）エコマークをつける基準は、商品によって異なる。

　⑶（　　）エコマークがつけられるのは、環境に優しい商品である。

　⑷（　　）エコマークは、メーカーによってデザインが異なる。

　⑸（　　）メーカー各社がそれぞれつける環境表示もある。

　⑹（　　）環境省は、環境表示のガイドラインを近々発表する予定である。

　⑺（　　）マーカーが環境にいいという表示をする場合、根拠を示す必要がある。

　⑻（　　）環境表示のガイドラインに従うかどうかは、メーカーの自由である。

　⑼（　　）環境のイメージだけを利用して商売しようとするメーカーが存在する。

　⑽（　　）環境表示のガイドラインを守らない業者は、罰せられる。

2. はじめに質問を読んで、もう一度CDを聴いてください。そして、答えを言ってください。

（1）環境省は、どうして「環境表示ガイドライン」を決めたのですか。

⇨ _____

_____。

（2）メーカーは、どのような場合に「環境にいい」という言葉やマークを使うことができますか。

⇨ _____

_____。

（3）「環境にいい」という偽りのマークをつけたり、宣伝をしたメーカーはどうなりますか。

⇨ _____

_____。

（4）あなたは、少し高くても環境にいい商品を買っていますか、それとも環境よりも値段の安いものを買いますか。それはどうしてですか。

⇨ _____

_____。

3. 短い会話を聞いて、最後の文の意味を（a／b）から選んでください。

（1）男：

（MP3 1-02）女：

　　a．中止する。　　　b．中止しない。

（2）男：

（MP3 1-03）女：

　　a．努力したら、必ず合格する。

　　b．努力すれば、合格の可能性がある。

〈実践練習〉

問題1　会話・スピーチ（絵や図がない問題）

（1）〈解答〉　① ② ③ ④

1. 勤務時間は自由に選べます。

2. 経験者ほど給料が高くなります。

3. 未経験の人でもかまいません。

4. 高校生以下の人は働けません。

（2）〈解答〉　① ② ③ ④

1. 電話でもいいから、もっと早くお礼を言うべきだ。

2. 最近の若い人は、あまりにも礼儀を知らなさすぎる。

3. 返事が遅れたことについて、言い訳をするべきではない。

4. お礼の手紙のよさを、もう一度見直そう。

（3）〈解答〉　① ② ③ ④

（4）〈解答〉　① ② ③

（5）〈解答〉　① ② ③

問題2　絵・図・写真

（1）〈解答〉　①　②　③　④

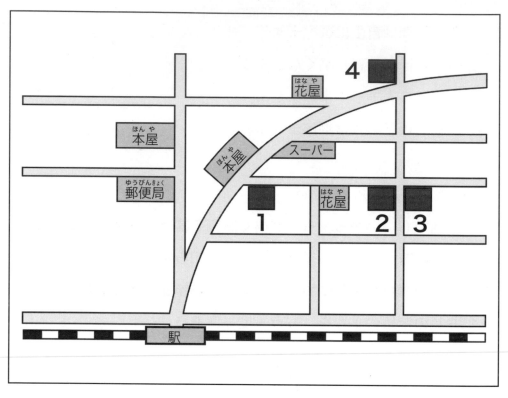

（2）〈解答〉　①　②　③　④

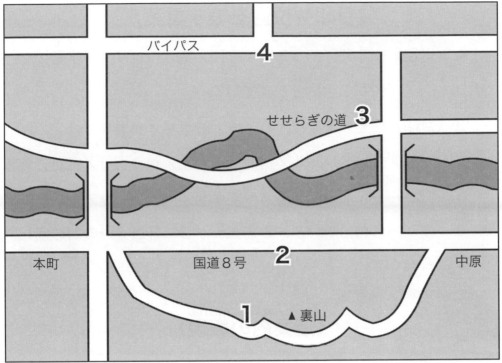

大切な語彙　〜道案内〜

〈目印や位置を表す言葉〉

① 〈道路〉十字路／四つ角／Ｔ字路／突き当たり／Ｙ字路／

道が二股に分かれている

② 〈目印〉信号／交差点／バス停／駐車場／歩道橋／

ガードレール／横断歩道／橋／踏み切り／線路／倉庫

③ 〈位置〉〜に面している／〜の手前／〜の向こう／

〜の向かい／〜の角／〜から二軒目／〜の斜め前

〈道案内の表現〉

④ 〜をまっすぐ行く

⑤ 〜を（右／左）へ曲がる

⑥ （橋／歩道橋）を渡る

⑦ 〜（行く・歩く・渡る・曲がる）と、

（右手に・右側に／左手に・左側に）〜が見える

問題3　表・グラフ・資料・掲示物

（1）〈解答〉　①　②　③　④

1	棚の掃除 ➡ 商品のチェック ➡ 商品の陳列 ➡ レジのチェック
2	商品のチェック ➡ 商品の陳列 ➡ 棚の掃除 ➡ レジのチェック
3	荷物の配達 ➡ 商品のチェック ➡ 商品の陳列 ➡ レジのチェック
4	棚の掃除 ➡ 商品のチェック ➡ 商品の陳列 ➡ 釣り銭の用意

（2）〈解答〉　①　②　③　④

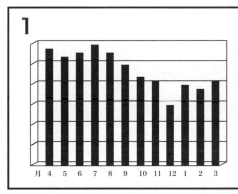

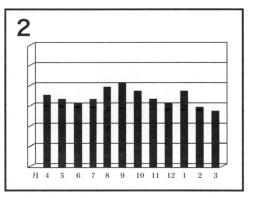

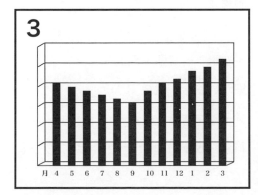

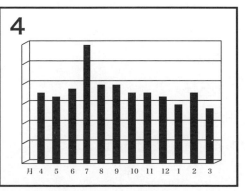

■ 単語メモ ■

問題1

（1）

広告<ruby>こうこく</ruby>：廣告

年齢<ruby>ねんれい</ruby>・経験<ruby>けいけん</ruby>：年齡・經驗

〜を問<ruby>と</ruby>わず：無論、不管

面接<ruby>めんせつ</ruby>：面試

一律<ruby>いちりつ</ruby>：一律

（2）

元来<ruby>がんらい</ruby>：本來

常識外<ruby>じょうしきはず</ruby>れ：不禮貌的

ぬくもり：這裡指溫馨的，有人情味的

手段<ruby>しゅだん</ruby>：手段，方法

（3）

プラスチック：塑膠

特徴<ruby>とくちょう</ruby>：特徵

分解<ruby>ぶんかい</ruby>する：分解

有毒<ruby>ゆうどく</ruby>ガス：有毒氣體

近年<ruby>きんねん</ruby>：近年

改良<ruby>かいりょう</ruby>する：改良

でんぷん：澱粉

微生物<ruby>びせいぶつ</ruby>：微生物

従来<ruby>じゅうらい</ruby>：一直以來

耐久性<ruby>たいきゅうせい</ruby>：耐久性

用途<ruby>ようと</ruby>：用途

制約<ruby>せいやく</ruby>がある：有限制、有規定

（4）

かしこまりました：明白了、知道了

おそれいります：十分抱歉

（5）

とても〜られない：根本不能〜

問題2

（1）

〜に沿<ruby>そ</ruby>って：順著

交差点<ruby>こうさてん</ruby>：十字路口

手前<ruby>てまえ</ruby>：前方

（2）

道路情報<ruby>どうろじょうほう</ruby>：路況資訊

渋滞<ruby>じゅうたい</ruby>：擁塞、堵塞

歩行者専用道路<ruby>ほこうしゃせんようどうろ</ruby>：人行道，步行者專用道路

裏山<ruby>うらやま</ruby>：後山

崖崩<ruby>がけくず</ruby>れ：懸崖塌陷

通行止<ruby>つうこうど</ruby>め：禁止通行

バイパス：迂迴道路

問題3

（1）

〜次第<ruby>しだい</ruby>：〜立即，馬上〜

細<ruby>こま</ruby>かいお金<ruby>かね</ruby>：零錢

チェックする：檢查

レジ：收銀台

（2）

売上実績：實際銷售業績

中元：中元節

〜から〜にかけて：從〜到〜

落ち込む：（消沈）下降

お歳暮商戦：年末商業競爭

売上不振：銷售額蕭條

低調：低調

推移する：演變

原因：原因

分析する：分析

Unit 2　気候変動枠組み条約

 メモ

〈単語メモ〉

くい止める：控制住

国連気候変動枠組み条約：聯合國氣候變化綱

　　要公約

〜どうし：同為〜，彼此為〜

インドネシアのバリ：印度尼西亞的峇里島

削減目標：削減目標

盛り込む：加進

吸収する：吸收

下書き：草稿

先進国：先進國家

途上国：發展中國家

率先する：帶頭

〜ない限り：只要不〜就

省エネ技術：節能技術

提供する：提供

環境保全：環境保護

資金援助：資金援助

不可欠：不可或缺

政府間パネル：政府間氣候變化專門委員會

　　（Intergovernmental Panelon Climate

　　Change、略稱：IPCC）跨政府氣候變化委

　　員會等

被害：損害

真剣：認真

〈問題〉

1. 本文の内容と合っているものに○を、合っていないものに×をつけてください。

(1)（　　）コップとは地球温暖化を防止するための国際会議のことである。

(2)（　　）CDP13はインドネシアのバリ島で開催された。

(3)（　　）CDP13では、2020年までのCO_2の削減目標が定められた。

(4)（　　）近年、地球上の森林の著しい減少が続いている。

(5)（　　）2013年までに森林の減少をくい止める対策を決めることになった。

(6)（　　）CO_2の削減目標について、先進国の間での意見の一致は得られた。

(7)（　　）CO_2の削減目標を定めることに対して、途上国は積極的である。

(8)（　　）途上国は、先進国がCO_2を大幅に削減するよう求めている。

(9)（　　）地球の温暖化は、予想以上のスピードで進んでいる。

(10)（　　）CO_2の削減に関して、先進国と途上国の間の意見の違いは大きい。

問題2　絵・図・写真

（1）〈解答〉　① ② ③ ④

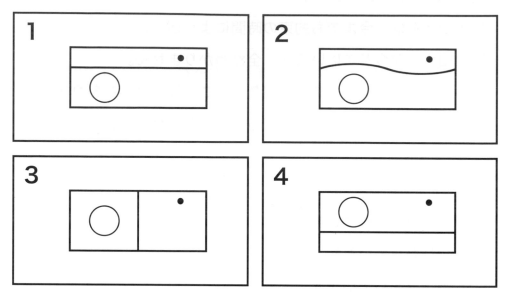

（2）〈解答〉　① ② ③ ④

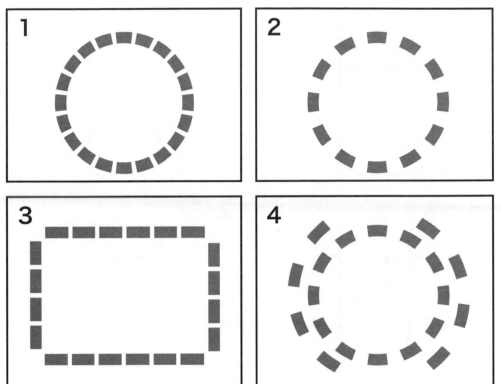

（3）〈解答〉　①　②　③　④

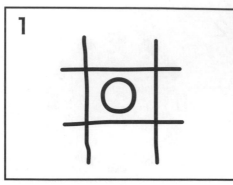

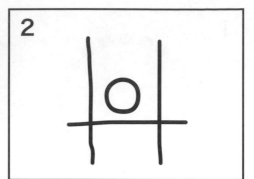

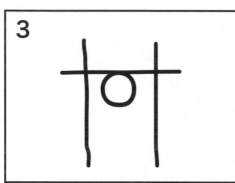

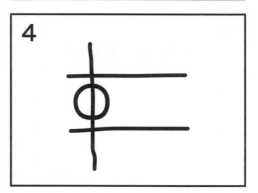

大切な語彙　〜図形・線〜

〈図形〉

① 四角・正方形・長方形／丸・二重丸／円形・楕円形／

三角形・逆三角形／菱形／六角形／ハート／アットマーク（@）

② 交わる／接する／重なる

〈線と方向〉

③ 直線（横線・縦線）／曲線／斜線／点線／矢印

④ 縦・垂直／横・水平／斜め

問題3　表・グラフ・資料・掲示物

（1）〈解答〉　①　②　③　④

1

①公務員
②スポーツ選手
③保母・保育士
④美容師
⑤看護婦・看護士
⑥教師
⑦歌手・タレント
⑧会社員

2

①教師
②スポーツ選手
③保母・保育士
④美容師
⑤看護婦・看護士
⑥公務員
⑦歌手・タレント
⑧会社員

3

①教師
②公務員
③会社員
④美容師
⑤看護婦・看護士
⑥保母・保育士
⑦歌手・タレント
⑧スポーツ選手

4

①教師
②公務員
③スポーツ選手
④保母・保育士
⑤美容師
⑥看護婦・看護士
⑦歌手・タレント
⑧会社員

（2）〈解答〉　①　②　③　④

1	2
小田英雄	小田英夫

3	4
小田秀夫	織田英夫

■ 単語メモ ■

問題1

（1）

連絡を取る：取得聯絡、聯系

携帯がつながる：手機接通

留守番電話：答録機

メッセージ：留言

〜抜きでは：沒有〜的話

〜に限って：只有〜，唯獨〜

まさか：該不會〜

（2）

風を切る：以快的速度前進，乗風

爽快：爽快

坂道：坡道

運動不足：運動不足

〜どころじゃない：哪裏還能〜

こぐ：踩，騎（自行車）

汗をかく：出汗

ジョギング：跑歩

サイクリング：自行車旅行

（3）

マラリア：瘧疾

熱帯地域：熱帯地區

病原体：病原體

蚊：蚊子

発病する：發病

冬を越す：渡過冬天

繁殖する：繁殖

亜熱帯化：亞熱帯化

〜つつある：逐漸〜不斷地〜

示す：顯示、表示

影響を及ぼす：影響到

（4）

スーツケース：旅行箱

（5）

忙しいところを：百忙之中

問題2

（1）

抽象画：抽象畫

〜がたい：很難〜

水平に引く：劃成水平

直線：直線

なんとなく：不由得，不自主地

平和：和平

区切る：隔開、劃分

（2）

議論する：議論、討論

輪：圏、圓

〜前後：前後，上下

詰める：填塞

2重：2圏

くっつける：並靠一起

　　　　　　　　（3）　　　　　　　　　　　英雄<ruby>英雄<rt>えいゆう</rt></ruby>：英雄

図形<rt>ずけい</rt>：圖形

真ん中<rt>まなか</rt>：正中間

四角<rt>しかく</rt>：四角形

横線<rt>よこせん</rt>：横線

接する<rt>せっ</rt>：接觸

足りる<rt>た</rt>：足夠

問題3

　　　　　　　　（1）

順位<rt>じゅんい</rt>：名次

ご覧ください<rt>らん</rt>：請看

挙げる<rt>あ</rt>：舉出

〜た・ところ：一〜之下

トップ：第一名

次いで<rt>つ</rt>：接著，再來是〜

スポーツ選手<rt>せんしゅ</rt>：運動選手

保母<rt>ほぼ</rt>：褓姆

保育士<rt>ほいくし</rt>：幼稚園教師

美容師<rt>びようし</rt>：理髮師

看護士<rt>かんごし</rt>：護士（男）

前回<rt>ぜんかい</rt>：上次

公務員<rt>こうむいん</rt>：公務員

転落する<rt>てんらく</rt>：滑落，掉下

これに対し<rt>たい</rt>：針對此

アップする：提高

　　　　　　　　（2）

田んぼ<rt>た</rt>：稲田、水田

Unit 3　DNA鑑定

 メモ

〈単語メモ〉

DNA鑑定_{かんてい}：DNA鑑定

犯人逮捕_{はんにんたいほ}：逮捕犯人

決め手_{きて}：關鍵

証明する_{しょうめい}：證明

遺伝子_{いでんし}：遺傳基因

塩基配列_{えんきはいれつ}：鹼基排列

形成する_{けいせい}：形成

繰り返し_{くかえ}：反覆

個人差_{こじんさ}：個人差別

識別する_{しきべつ}：辨識，辨別

確率_{かくりつ}：機率

家畜_{かちく}：家畜

品質管理_{ひんしつかんり}：品質管理

偽装を暴く_{ぎそう あば}：揭發真面目

人材_{じんざい}：人材

目指す_{めざ}：以～為目標

盲目的_{もうもくてき}：盲目的

～わけではない：並非～

～ものではない：不是～

〈問題〉

1. 本文の内容と合っているものに〇を、合っていないものに×をつけてください。

　　(1) (　　　) DNA鑑定によって、親子関係が証明できる。

　　(2) (　　　) DNAは三つの塩基の組み合わせからなる。

　　(3) (　　　) DNAには、遺伝子情報が含まれている。

　　(4) (　　　) 個人によって、塩基の繰り返し配列の数が異なっている。

　　(5) (　　　) DNA鑑定による親子関係や個体の識別の確率は、100%ではない。

　　(6) (　　　) 牛や豚のDNAは品種による違いはあるが、産地による違いはない。

　　(7) (　　　) 同じDNAを持つ人間は、顔形も性格も全く同じである。

　　(8) (　　　) DNA鑑定によって、子どもの将来が予想できる。

　　(9) (　　　) 子どもの才能は、DNAによってあらかじめ決められている。

　　(10) (　　　) 筆者はDNA鑑定によって子供の将来を決めることに反対している。

2. はじめに質問を読んで、もう一度CDを聴いてください。そして、答えを言ってください。

（1）「DNA鑑定」というのは、なんのことですか。

　　⇨ _____

_____。

（2）「DNA鑑定」は、どのようなことに利用されていますか。

　　⇨ _____

_____。

（3）親たちは「DNA鑑定」によって、子どもの何を知り、どうしたいのですか。

　　⇨ _____

_____。

（4）あなたは、子どもの「才能」を調べるためにDNA鑑定する親たちについて、どう思いますか。もしあなたが親なら、同じことをしますか。

　　⇨ _____

_____。

3. 短い会話を聞いて、最後の文の意味を（a／b）から選んでください。

（1）男：

（MP3 3-02）女：

　　a．会うことは会えが、ゆっくり話す時間がなかった。

　　b．会いたかったんだが、結局、会えなかった。

（2）男：

（MP3 3-03）女：

　　a．おいしくないこともない。　　　b．なかなかおいしい。

〈実践練習〉

問題 1　会話・スピーチ（絵や図がない問題）

（1）〈解答〉　① ② ③ ④

　1. プロジェクトを担当したいと申し出ました。

2. プロジェクトを担当することになったことを伝えました。

3. プロジェクトを担当してほしいと頼まれました。

4. プロジェクトを担当するように言われました。

（2）〈解答〉　① ② ③ ④

　1. 会社です。

2. 選挙事務所です。

3. 国会議事堂です。

4. 警察署です。

（3）〈解答〉　① ② ③ ④

（4）〈解答〉　① ② ③

（5）〈解答〉　① ② ③

問題2　絵・図・写真

（1）〈解答〉　　①　②　③　④

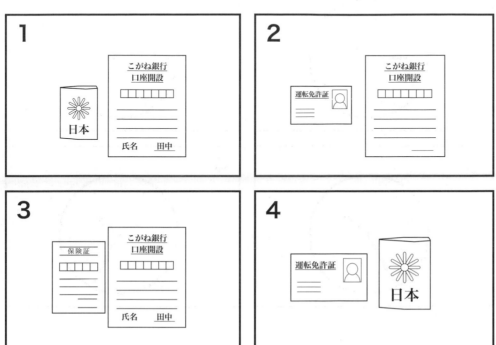

（2）〈解答〉　①　②　③　④

問題3　表・グラフ・資料・掲示物

（1）〈解答〉　①　②　③　④

1 書類選考　➡ 筆記試験　➡ 面接		
2 書類選考　➡ 面接　➡ 筆記試験		
3 筆記試験　➡ 書類選考　➡ 面接		
4 筆記試験　➡ 面接　➡ 書類選考		

（2）〈解答〉　①　②　③　④

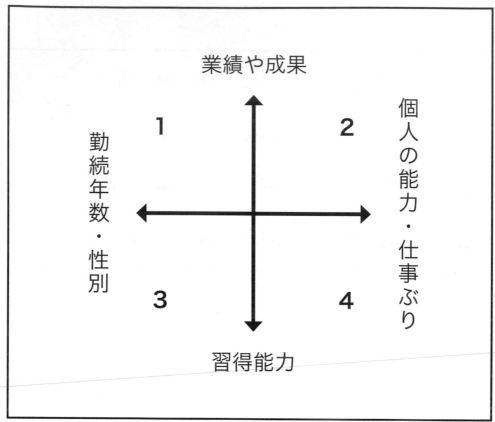

（3）〈解答〉　①　②　③　④

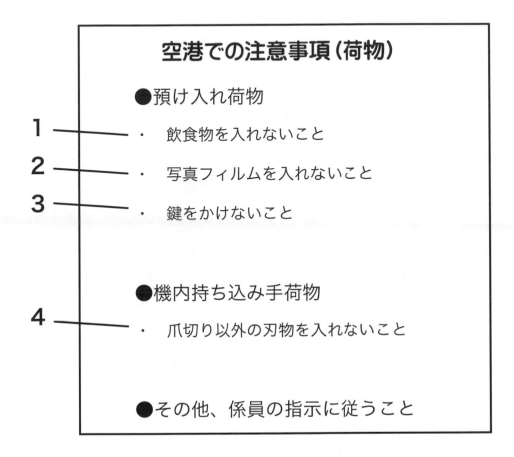

空港での注意事項（荷物）

●預け入れ荷物

1　・　飲食物を入れないこと

2　・　写真フィルムを入れないこと

3　・　鍵をかけないこと

●機内持ち込み手荷物

4　・　爪切り以外の刃物を入れないこと

●その他、係員の指示に従うこと

■ 単語メモ ■

問題1

（1）

プロジェクト：計畫，企劃

担当する：擔任，負責

任せる：託付，交付

負担：負擔

承知の上：知道

全力を尽くす：竭盡全力

思い切り：全心，盡力地

（2）

サラリーマン出身：原是上班族

倒産する：倒閉

失業：失業

〜を契機に：以〜為契機

政界：政界

弱者の視点：弱者，弱勢團體的觀點

体制：體制

批判する：批評、批判

違法献金：（政治上的）違法捐款

（3）

３R運動：環保運動時，Reduce（減少）Reuse

　　（再利用）Recycle（回收）等3個指標。由

　　於這三個詞的開頭字母都是R，因此簡稱3R

　　運動。

酸性雨：酸雨

いわゆる：所謂

産業革命：產業革命

〜以来：自從〜以來

大量生産・大量消費：大量生產・大量消費

産業社会：產業社會

生み出す：產出

追い求める：追求

欲望の産物：欲望的產物

〜わけだ：表事情的原因。原來是因為〜。也

　　就是說〜

したがって：因此，所以

コントロール：控制

〜かどうか：是否

ライフスタイル：生活形態

企業の責任：企業的責任

重大：重大

〜といったN：〜這樣子的

リユース：再利用

リデュース：減少

リサイクル：資源回收

（4）

旦那さん：先生，老爺

過労死：過勞死

〜んだって：聽說是因為〜

（5）

〜次第：〜立即，馬上

問題2

（1）

口座を開く：開戶

身分を証明する：証明身分

免許証：駕照

保険証：健保卡

パスポート：護照

（2）

遅れる：遅到；（鐘錶）慢

日付：日期

問題3

（1）

採用試験：錄用考試

書類選考：書審，書面考核

筆記試験：筆試

面接：面試

候補者を絞る：縮小候選人範圍

異存はない：沒有異議

〜とは限らない：不見得，未必

やる気：幹勁

協調性：協調性

一般教養：通識課程，共通科目

（2）

賃金制度：薪資制度

新薬：新藥

開発する：開發

評価：考量

重視する：重視

日本企業：日本企業

勤続年数：年資

〜に伴う：伴隨著

貢献度：貢獻度

年功序列型賃金制度：依年資排序薪資的制度

成果：成果

職務給：依職務給予薪資

成果給：依績效給予薪資

職種：職務類別

向いている：適合

単年度：單一年度

資格：資格

実績：實際績效

習得能力：學習能力

（3）

テロ対策：反恐對策

無用なトラブル：不必要的糾紛

避ける：避免、避開

機内：機內

手荷物：手提物

刃物：銳器

一切〜ない：不〜；完全不〜；都不〜

爪切り：指甲剪

預け入れ荷物：托運行李

液体性：液體的

爆発物：爆裂物

疑う：懷疑

トランク：行李箱

ペットボトル：寶特瓶

フィルム：底片

X線検査<ruby>検<rt>せんけん</rt></ruby>査：X光檢査

～恐れがある：有可能會～

係員<rt>かかりいん</rt>：此指機場的地勤服務人員

指示<rt>しじ</rt>：指示

素直<rt>すなお</rt>：好好的

従う<rt>したが</rt>：遵從

Unit 4　マラリアワクチン

 メモ

〈単語メモ〉

欠かせない：不可或缺

迷信に頼る：仰賴迷信

魔法の箱：魔法箱

医療：醫療

一新する：革新

不治の病：不治之症

結核：結核

抗インフルエンザ薬：抗流感藥

タミフル：特敏福（抗流感藥的一種）

〜かねない：很可能

日進月歩：日新月異

特効薬：特效藥

恩恵に浴する：受到恩惠

感染症：感染病

熱帯地方：熱帯地方

発展途上国：發展中國家

ワクチン：疫苗

残念なことに：可惜

乗り気：感興趣

企業の論理：企業的理論

悪循環：惡性循環

アフリカ：非洲

流行地域：流行地區

本来：本來

〈問題〉

1. 本文の内容と合っているものに〇を、合っていないものに×をつけてください。

 ⑴（ ）この人は、製薬企業の立場から、医療の現状について話している。

 ⑵（ ）昔の人からすれば、現代の家庭にある薬箱は「魔法の箱」に見える。

 ⑶（ ）結核は、かつて「不治の病」と言われたことがあった。

 ⑷（ ）タミフルは、今では石油からだけでなく、植物からも作れるようになった。

 ⑸（ ）タミフルは、インフルエンザに効く薬である。

 ⑹（ ）最近、癌を直すことができる特効薬が発明された。

 ⑺（ ）マラリアは、熱帯地域を中心に、今も感染者が多い伝染病である。

 ⑻（ ）多くの製薬会社が、マラリアのワクチン開発に取り組んでいる。

 ⑼（ ）「儲からないなら作らない」というのは、企業として当然のことだ。

 ⑽（ ）世界では、三人に一人の子どもがマラリアで命を落としている。

2. はじめに質問を読んで、もう一度CDを聴いてください。そして、答えを言ってください。

（1）昔の人にとって、家の薬箱が「魔法の箱」に見えるのはどうしてですか。

⇨ _____

_____。

（2）「マラリア」というのは、どのような病気ですか。

⇨ _____

_____。

（3）マラリアワクチンの開発がなかなか進まないのは、どうしてですか。

⇨ _____

_____。

（4）この話を聞いて、あなたはどんな感想を持ちましたか。

⇨ _____

_____。

3. 短い会話を聞いて、最後の文の意味を（a／b）から選んでください。

（1）男：

（MP3 4-02）女：

　　a．日時が決まったら、すぐ連絡してください。

　　b．日時を決める前に、連絡してください。

（2）男：

（MP3 4-03）女：

　　a．あなたなら田中君に勝てるかもしれない。

　　b．あなたが田中君に勝つのは無理だ。

〈実践練習〉

問題1　会話・スピーチ（絵や図がない問題）

（1）〈解答〉　①　②　③　④

 1. 宇宙人が、初めて太陽系にある地球にやってきたこと。

2. 宇宙人が地球を見て、その美しさにとても驚いたこと。

3. 宇宙人が地球を「青く光る美しい星」と名付けたこと。

4. 地球は青く輝いているのは、地球上にある豊かな水のおかげであること。

（2）〈解答〉　①　②　③　④

 1. 第一位です。

2. 第二位です。

3. 第三位です。

4. 第四位です。

（3）〈解答〉　①　②　③　④

（4）〈解答〉　①　②　③

（5）〈解答〉　①　②　③

問題2　絵・図・写真

（1）〈解答〉　① ② ③ ④

1── 海外諸地域の社会研究

（言語・文化・経済・産業…）

2── 地球環境

（砂漠化・森林破壊・温暖化…）

3── 国連関係

（人口・途上国援助・安全保障…）

4── 国内の社会研究

（少子高齢化・女性・医療…）

（2）〈解答〉　①　②　③　④

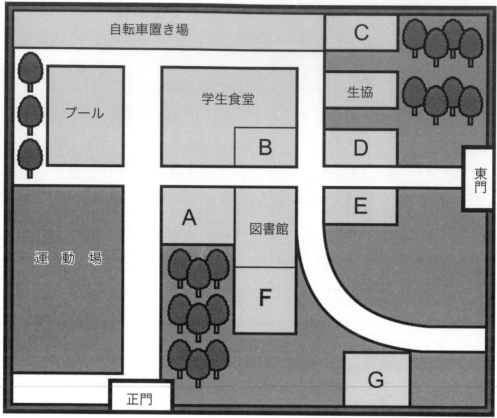

問題3　表・グラフ・資料・掲示物

（1）〈解答〉　①　②　③　④

1	国語　95/₁₀₀	数学　95/₁₀₀	社会　75/₁₀₀
2	国語 100/₁₀₀	数学　23/₁₀₀	社会　55/₁₀₀
3	国語　95/₁₀₀	数学　23/₁₀₀	社会　75/₁₀₀
4	国語 100/₁₀₀	数学　95/₁₀₀	社会　55/₁₀₀

（2）〈解答〉　①　②　③　④

1

4月						
日	月	火	水	木	金	土
	1	2	③	4	⑤	6
7	8	9	10	11	12	13
14	15	16	17	18	19	20
21	22	23	24	25	26	27
28	29	30				

2

4月						
日	月	火	水	木	金	土
	1	2	3	④	5	⑥
7	8	9	10	11	12	13
14	15	16	17	18	19	20
21	22	23	24	25	26	27
28	29	30				

3

4月						
日	月	火	水	木	金	土
	1	2	3	4	⑤	⑥
7	8	9	10	11	12	13
14	15	16	17	18	19	20
21	22	23	24	25	26	27
28	29	30				

4

4月						
日	月	火	水	木	金	土
	1	2	3	④	⑤	6
7	8	9	10	11	12	13
14	15	16	17	18	19	20
21	22	23	24	25	26	27
28	29	30				

（3）〈解答〉　① ② ③ ④

1　0711789

2　0722768

3　0820532

4　0822472

学　生　証

学生番号　☐☐☐☐☐☐☐

学部学科　経済部経済学科

氏　名　陳　建草

入学年度　平成20年4月18日

上記の者は、本学の学生であることを証明する。

○○学院大学長

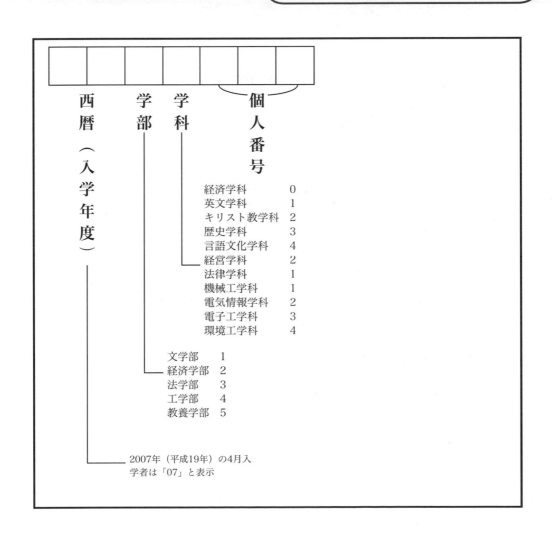

| 西暦（入学年度） | 学部 | 学科 | 個人番号 |

経済学科　　　0
英文学科　　　1
キリスト教学科　2
歴史学科　　　3
言語文化学科　4
経営学科　　　2
法律学科　　　1
機械工学科　　1
電気情報学科　2
電子工学科　　3
環境工学科　　4

文学部　　1
経済学部　2
法学部　　3
工学部　　4
教養学部　5

2007年（平成19年）の4月入
学者は「07」と表示

大切な語彙　〜オリエンテーション〜

〈オリエンテーション〉

① 入学式／オリエンテーション／ガイダンス／

　　プレースメントテスト

② 学部／学科／学籍（学生）番号／学生証

③ 教務課／学生課／就職課

④ 経済学部／商学部／社会学部／法学部／文学部／外国語学部／

　　教育学部／情報学部／医学部／工学部

〈健康診断〉

⑤ 身体測定／内科検診／X線検査／問診

〈校舎・施設〉

⑥ キャンパス／グランド

⑦ 校門／正門／東門／西門

⑧ ○号館／○棟／学生食堂（学食）／留学生会館／図書館／

　　視聴覚教室／学生寮／実験室／診療所／生協／書籍部／

　　駐輪場／駐車場

⑨ 掲示板／お知らせ／呼び出し

■ 単語メモ ■

問題1

（1）

宇宙人（うちゅうじん）：宇宙人

太陽系（たいようけい）：太陽系

星（ほし）：星球

地表（ちひょう）：地球表面

覆う（おお）：覆蓋

輝く（かがや）：閃閃發光

（2）

選手（せんしゅ）：選手

一斉に（いっせい）：同時

スタートする：開始

〜あたり：〜附近

（3）

ノックする：敲門

親しき仲にも礼儀あり（した　なか　れいぎ）：即使親近也不失禮儀

〜おかげで：托〜福

勝手（かって）：任意，隨便

（4）

〜一方だ（いっぽう）：越來越〜，一直〜

（5）

あいにく：不巧

切らす（き）：用完，沒有了

問題2

（1）

教授（きょうじゅ）：教授

ASEAN諸国の経済事情（しょこく　けいざい　じじょう）：東南亞各國的經濟情況

東アジア共同体構想（ひがし　きょうどうたいこうそう）：東亞共同体構想

展望（てんぼう）：展望

課題（かだい）：課題

段（だん）：段

分類する（ぶんるい）：分類

（2）

学生寮（がくせいりょう）：學生宿舍

正門（せいもん）：正門

十字路（じゅうじろ）：十字路口

カーブ：彎道

問題3

（1）

〜さえ〜ば：只要〜

満点（まんてん）：滿分

〜だらけ：滿是，淨是

（2）

教務課（きょうむか）：教務處

新入生（しんにゅうせい）：新生

政治学部（せいじがくぶ）：政治學系

オリエンテーション：說明會

けんこうしんだん
健康診断：健康檢查

ぜんじつ
前日：前一天

（3）

がくせい か
学生課：學務處

ガイダンス：說明

がくせいばんごう
学生番号：學號

がくせいしょう
学生証：學生證

ひとけた
一桁：一位數

にゅうがくねん ど
入学年度：入學年度

へいせい ねん
平成○年：平成～年

ぶんがく ぶ
文学部：文學部

えいぶんがっ か
英文学科：英文系

Unit 5　食品表示

 メモ

〈単語メモ〉

雪印食品（ゆきじるししょくひん）：雪印食品公司

（外国（がいこく）／国（こく）／中国（ちゅうごく））産（さん）：（外國／本國／中國）產

ラベル：標籤

鶏肉（とりにく）：雞肉

もも肉（にく）：腿肉

〜あたり：毎

不信感（ふしんかん）：不信任感

〜ばかりだ：一直

JAS（ジャス）法（ほう）：『Japanese Agricultural Standard』日本農林務之規格化及品質表示標準法

生鮮品（せいせんひん）：生鮮食品

原産地（げんさんち）：原產地

罰金を科する（ばっきん・か）：易科罰金

義務づける（ぎむ）：規定為義務

取り締まる（と・し）：取締

癒着（ゆちゃく）：癒合；勾結

指摘する（してき）：指責

バーコード：條碼

元の木阿弥（もと・もくあみ）：功虧一簣

〜かねない：有可能〜

目を光らせる（め・ひか）：密切注視

〈問題〉

1. 本文の内容と合っているものに○を、合っていないものに×をつけてください。

(1) (　　) 外国産の牛肉を国産と偽って売っていた食品メーカーがある。

(2) (　　) 日本の消費者は、薬が混じった餌で育った鶏肉は買わない。

(3) (　　) 薬を使わない鶏肉は高いので、日本の消費者はあまり買わない。

(4) (　　) ラベルを信じていいのかどうか、日本の消費者は不安を感じている。

(5) (　　) 「JAS法」では、食べ物の品質や表示の基準が定められている。

(6) (　　) 日本では、原産地を表示していない生鮮食料品は販売が許可されない。

(7) (　　) 新しいJAS法によって、嘘の食品表示は少しずつ減ってきている。

(8) (　　) 法律だけで嘘の食品表示をなくすことは難しい。

(9) (　　) ラベル表示がほんとうかどうかがわかるバーコードが使われている。

(10) (　　) 嘘の表示をなくすには、もっと罰則を厳しくして、監視を強める必要がある。

2. はじめに質問を読んで、もう一度CDを聴いてください。そして、答えを言ってください。

（1）業者は、どうして「薬はやっていない」と嘘の表示をしたのですか。

　　⇨ _____

　　_____。

（2）消費者は、どうしてラベルに書いてあることを信じるしかないのですか。

　　⇨ _____

　　_____。

（3）JAS法で決まっているのに、嘘の表示がなくならない理由として、どんなことが言われていますか。

　　⇨ _____

　　_____。

（4）この話をしている人が、一番強調したいのはどんなことですか。

　　⇨ _____

　　_____。

3. 短い会話を聞いて、最後の文の意味を（a／b）から選んでください。

（1）男：

　（MP3 5-02）　女：

　　a．甲子園出場なんて不可能だ。　　b．甲子園出場の可能性もある。

（2）男：

　（MP3 5-03）　女：

　　a．二人は、これから京都駅で会う。

　　b．二人は、今回は会えなかった。

〈実践練習〉

問題１　会話・スピーチ（絵や図がない問題）

（1）〈解答〉　①　②　③　④

 1. 器具に座って、自転車のように漕ぎます。

2. 器具についている棒を両手で持って、ぶら下がります。

3. 器具の助けを借りて、体を逆さまにして立ちます。

4. 器具の上に横になって、背中を反らせます。

（2）〈解答〉　①　②　③　④

 1. １番線から乗ります。

2. ２番線から乗ります。

3. ３番線から乗ります。

4. ４番線から乗ります。

（3）〈解答〉　①　②　③　④

（4）〈解答〉　①　②　③

（5）〈解答〉　①　②　③

問題2　絵・図・写真

（1）〈解答〉　① ② ③ ④

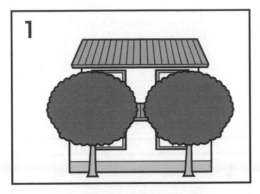

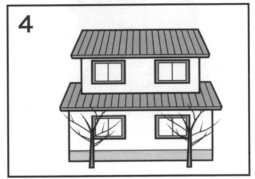

（2）〈解答〉　① ② ③ ④

問題3　表・グラフ・資料・掲示物

（1）〈解答〉　① ② ③ ④

（2）〈解答〉　① ② ③ ④

アルコール飲料の国別消費量　　単位：G

順位	国　名	2000年
1	アイルランド	12.3
2	**1**	12.1
3	ルーマニア	11.7
4	ポルトガル	10.8
5	**2**	10.6
6	フランス	10.5
7	ドイツ	10.5
：	：	：
26	**3**	7.1
：	：	：
28	**4**	6.5
：	：	：
42	中　　国	4.0
：	：	：

（3）〈解答〉　① ② ③ ④

買い物で主婦が気をつけていること

～健康にいい食生活のために～

当てはまるものに、☑をつけましょう

1　☐ 無農薬・低農薬野菜を買う。

2　☐ できるだけ国産・地域の食材を使う。

3　☐ できるだけパックされていない食品を買う。

4　☐ 肉よりも魚や豆類を選ぶ。

■ 単語メモ ■

問題1

（1）

健康器具：健康器材

宣伝：宣傳

負担をかける：造成負擔

倒立する：倒立

逆流する：逆流

血の巡り：血流，血液循環

内臓：内臓

血液の循環：血液循環

ぶら下がる：垂吊

逆さま：顚倒

背中を反らす：伸懶腰似的向後伸展背部

（2）

アナウンス：廣播

当駅：該站

ホーム：月台

発車：發車

乗車する：乗車

（3）

びっくりする：嚇到

専務：常任董事

落ち着く：冷靜

見かけ：外表

内心：内心

カッカくる：生氣

一応：姑且

〜ふりをする：裝作〜的樣子

（4）

ずいぶん：很，非常

（5）

受付：櫃台

ロビー：大廳

問題2

（1）

日当たり：日照

葉が茂る：葉子茂盛

天然：天然

エアコン：空調

（2）

スペース：空間

せめて：至少

中途半端：半調子

問題3

（1）

集まり：聚集

群れ：群聚

死骸：死屍

ハイエナ：鬣狗

ハゲタカ：禿鷹

蛾（が）：蛾

虫（むし）：蟲

個体（こたい）：個體

反応する（はんのう）：反應

一時的（いちじてき）：一時的

共同体（きょうどうたい）：共同體

～ないように：為了不要～

欧米型（おうべいがた）：歐美型

（2）

酒飲み天国（さけのてんごく）：喝酒天堂

繁華街（はんかがい）：鬧區

酔っぱらい（よ）：醉漢。（酔っぱらう（よ）：喝醉）

溢れる（あふ）：到處是，滿是

座席（ざせき）：座位

大の字（だいじ）：大字

サラリーマン：上班族

飲酒量（いんしゅりょう）：飲酒量

国際的（にみて）（こくさいてき）：跟其他各國相比

ポイント：此指順位，排名

成人男女（せいじんだんじょ）：成年男女

（3）

主婦（しゅふ）：主婦

消費傾向（しょうひけいこう）：消費傾向

不況（ふきょう）：不景氣

品質（ひんしつ）：品質

安全性（あんぜんせい）：安全性

不安がある（ふあん）：有疑慮

地産地消（ちさんちしょう）：現產現銷

むしろ：倒不如

メタボ：代謝症候群

Unit 6　キャンパスライフ

 メモ

〈単語メモ〉

オリエンテーション：説明會

クラブ活動：社團活動

ガイダンス：指南

履修登録：選課登記

いよいよ：終於

時間割：時間表

あらかじめ：預先

サークル：社團

タイプ：類型

希薄：稀薄

新興宗教：新興宗教

定期試験：定期測驗

論述する：論述

〜をもとに：以〜為基準

解放区：解放區

自分探し：自我探索

義務に縛られる：有〜的義務

挑戦する：挑戰

〈問題〉

1. 本文の内容と合っているものに○を、合っていないものに×をつけてください。

(1) (　　　) 新入生に学校生活に関して説明する行事をオリエンテーションという。

(2) (　　　) オリエンテーションは、普通は入学式の行われる初日に行われる。

(3) (　　　) 高校では、時間割は事前に決められている。

(4) (　　　) 大学では、受講したい教科は全て自分で選ぶことができる。

(5) (　　　) 中学と異なり、高校と大学は90分授業である。

(6) (　　　) 大学は、学生同士の人間関係が中学や高校ほど強くない。

(7) (　　　) 大学の定期試験では、暗記はあまり重要ではなく、書く能力が問われる。

(8) (　　　) 大学は社会人になるための準備期間であり、しっかり勉強しておこう。

(9) (　　　) 大学時代には、やりたいことを思い切りやってみた方がいい。

(10) (　　　) この話は、大学の新入生に対して送られたアドバイスである。

2. はじめに質問を読んで、もう一度CDを聴いてください。そして、答えを言ってください。

（1）「オリエンテーション」は、何の目的のために行われるのですか。

⇨ _____

_____。

（2）この人が、サークルやクラブ活動に参加することを勧める理由は何ですか。

⇨ _____

_____。

（3）この人は、どうして大学時代を「四年間の解放区」と言ったのですか。

⇨ _____

_____。

（4）あなただったら、「四年間の解放区」をどのように過ごしたいですか。

⇨ _____

_____。

3. 短い会話を聞いて、最後の文の意味を（a／b）から選んでください。

（1）男：

（MP3 6-02）女：

a．お礼の品を受け取ります。

b．お礼の品を受け取りません。

（2）男：

（MP3 6-03）女：

a．ご希望に添えるよう、努力したいと思います。

b．ご希望に添えない場合もあるかもしれません。

〈実践練習〉

問題1　会話・スピーチ（絵や図がない問題）

（1）〈解答〉　①　②　③　④

　1. ちり取りです。

　　2. ごみ箱です。

　　3. ぞうきんです。

　　4. 箒です

（2）〈解答〉　①　②　③　④

　1. 雨が降らなかったからです。

　　2. 動物が多すぎるからです。

　　3. 森の木が減ったからです。

　　4. 地下水を汲みすぎたからです。

（3）〈解答〉　①　②　③　④

（4）〈解答〉　①　②　③

（5）〈解答〉　①　②　③

問題2　絵・図・写真

（1）〈解答〉　① ② ③ ④

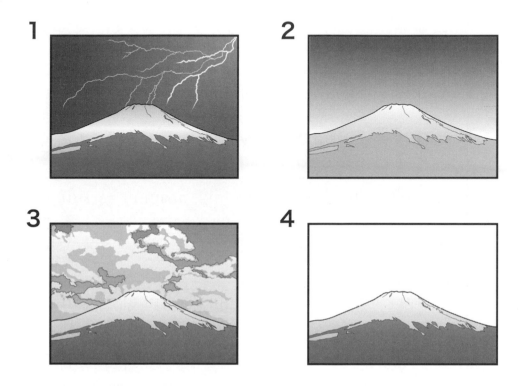

（2）〈解答〉　①　②　③　④

	7月28日（金）	7月29日（土）	7月30日（日）	7月31日（月）	8月1日（火）
1	曇時々雨	曇時々雨	晴	曇時々雨	曇時々雨
2	雨	曇時々雨	晴	晴時々曇	曇
3	晴時々曇	曇時々雨	曇時々晴	曇	曇時々雨
4	曇時々雨	曇時々晴	晴	曇時々晴	晴

66

（3）　〈解答〉　① ② ③ ④

午　前		午　後			
9時	12		3	6	9

	9時	12	3	6	9	
1	☂	☂	☁	☁	☀	☀
2	☂	☂	☁	☁	☀	☁
3	☂	☁	☁	☀	☀	☂
4	☀	☀	☁	☂	☁	☁

大切な語彙　～天気を表す表現～

① 気象庁／天気予報／高気圧（⇔低気圧）／乾燥／

最高（⇔最低）気温／日中（⇔夜間）／降水確率／降雨量／

（梅雨・秋雨）前線／○○注意報

② 晴れる／晴れ間が覗く／青空が広がる／

（雨・夕立・雪・雹）が降る／天気が崩れる／

お天気は下り坂／曇る／曇り空／じめじめしたお天気

③ 梅雨に入る⇔梅雨が明ける／雨が上がる／

雷が（鳴る・落ちる）／落雷／霧が出る／霜が降りる

④ 台風／集中豪雨／大水・洪水／土砂崩れ／堤防決壊／

床上浸水／雪崩／津波

問題3　表・グラフ・資料・掲示物

（1）　〈解答〉　①　②　③　④

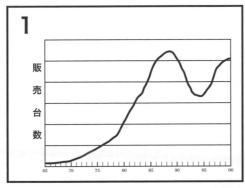

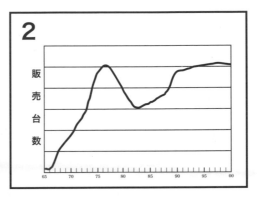

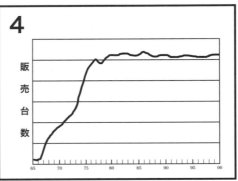

（2）　〈解答〉　①　②　③　④

1	テンポが速くて力強い曲 ➡ さわやかな曲 ➡ 落ち着いた曲
2	さわやかな曲 ➡ テンポが速くて力強い曲 ➡ 落ち着いた曲
3	落ち着いた曲 ➡さわやかな曲 ➡ テンポが速くて力強い曲
4	テンポが速くて力強い曲 ➡ 落ち着いた曲 ➡ さわやかな曲

■ 単語メモ ■

問題1

（1）

手渡す〔てわた〕：遞交

ちり取り〔と〕：畚箕

ごみ箱〔ばこ〕：垃圾桶

ぞうきん：抹布

ほうき：掃帚

（2）

水源〔すいげん〕：水源

野生〔やせい〕：野生

外貨を稼ぐ〔がいか・かせ〕：賺外幣

競う〔きそ〕：競爭

植林〔しょくりん〕：植樹造林

むやみに：胡亂地

伐採する〔ばっさい〕：採伐

激減を招く〔げきげん・まね〕：導致銳減

危機に直面する〔きき・ちょくめん〕：面臨危機

対策を怠る〔たいさく・おこた〕：疏忽對策

（3）

～ほど～はない：沒有到～程度

労働〔ろうどう〕：勞動

～を通じて〔つう〕：藉由，透過～

意義〔いぎ〕：意義

無縁〔むえん〕：無緣

遠ざかる〔とお〕：遠離

（4）

顔色〔かおいろ〕：臉色

具合が悪い〔ぐあい・わる〕：身體情況不佳

寒気がする〔さむけ〕：發冷

（5）

頭痛〔ずつう〕：頭痛

早退する〔そうたい〕：早退

お大事に〔だいじ〕：請多保重

問題2

（1）

稲光が走る〔いなびかり・はし〕：閃電

雄壮〔ゆうそう〕：雄壯

雷〔かみなり〕：雷

コントラスト：對比，對照

いただき：山頂

仙人〔せんにん〕：仙人

神秘的〔しんぴてき〕：神秘的

澄みきった〔す〕：清澈透明

くっきり：鮮明地

（2）

梅雨明け〔つゆあ〕：梅雨季結束

記録的〔きろくてき〕：破記錄

本州付近〔ほんしゅう・ふきん〕：本州附近

前線が停滞する〔ぜんせん・ていたい〕：梅雨前線停滯

降水確率〔こうすいかくりつ〕：降雨率

高気圧〔こうきあつ〕：高氣壓

張り出す：籠罩

週明け：進入下週

（3）

あいにく：不巧

雨模様：要下雨的樣子

昼過ぎ：午後

星空：星空

明け方：黎明

崩れる：天氣轉壞

問題3

（1）

自動車メーカー：汽車製造商

販売台数：販賣台數

高度成長期：高度成長期

オイルショック：石油危機

鈍る：遲緩

バブル経済崩壊：泡沫經濟崩潰

順調：順利

急激：急遽

業績不振：業績蕭條

陥る：陷入

落ち込む：消沉，掉落

回復の兆し：景氣回復的徵兆

最盛期：全盛期

及ぶ：到

（2）

いらいらする：感到煩躁

緊張が高まる：緊張的情緒高漲

静める：平靜

テンポ：步調，拍子

力強い：強而有力

溜まる：積存

エネルギー：能源

放出する：釋放出來

仕上げ：完成前的最後階段

リラックスする：放鬆

～に先だって：在～之前

イメージする：想像

さわやか：清爽的

すがすがしい：清新的

Unit 7　チョコレートの話

 メモ

（空欄のメモ欄）

〈単語メモ〉

チョコレート：巧克力

起源（きげん）：起源

紀元前（きげんぜん）：紀元前

さかのぼる：追溯

価値（かち）：價值

薬用（やくよう）：藥用

儀式（ぎしき）：儀式

ショコラトル：古代墨西哥的巧克力飲品

カカオ豆（まめ）：可可豆

煎る（いる）：烘培

はじける：爆裂開

すりつぶす：磨碎

ペースト状（じょう）：泥漿狀

唐辛子（とうがらし）：辣椒

語源（ごげん）：語源

流行する（りゅうこう）：流行

かじる：咬

しつこい：膩

室温（しつおん）：室溫

べたべた溶ける（とける）：溶得黏答答

効能（こうのう）：效能

科学的裏づけ（かがくてきうら）：科學的證實

明らかになる（あき）：變明確

植物繊維（しょくぶつせんい）：植物纖維

ミネラル：礦物質

ポリフェノール：多酚

苦み（にが）：苦味

渋み（しぶ）：澀味

がん：癌

動脈硬化（どうみゃくこうか）：動脈硬化

胃潰瘍（いかいよう）：胃潰瘍

活性酸素（かっせいさんそ）：活性氧

働き（はたら）：功能

秘密（ひみつ）：秘密

身近（みぢか）：身旁，身邊

〈問題〉

1. 本文の内容と合っているものに○を、合っていないものに×をつけてください。

(1) （　　）チョコレートは、現在のように固形ではなく、元は液状の物だった。

(2) （　　）ショコラトルというのは、古代メキシコの人々の普段の飲み物であった。

(3) （　　）ショコラトルの原料はカカオ豆で、カカオ豆を煮た汁から作られる。

(4) （　　）ショコラトルは、苦い味で、チョコレートと同じ臭いがする。

(5) （　　）ショコラトルは、16世紀にメキシコからヨーロッパに伝わった。

(6) （　　）ショコラトルは、ヨーロッパでも最初は薬として飲まれていた。

(7) （　　）チョコレートが現代のような固形になったのは、19世紀のことである。

(8) （　　）チョコレートが口の中で溶けるのは、カカオバターの溶ける温度が体温よりも高いからである。

(9) （　　）チョコレートの成分の中には、病気を防ぐ効能が含まれている。

(10) （　　）現在、カカオ豆から、がん、動脈硬化、胃潰瘍などの薬が作られている。

2. はじめに質問を読んで、もう一度CDを聴いてください。そして、答えを言ってください。

（1）ショコラトルは、古代メキシコではどのような飲み物でしたか。

⇨ ＿＿＿＿＿＿＿＿＿＿＿＿＿＿＿＿＿＿＿＿＿＿＿

＿＿＿＿＿＿＿＿＿＿＿＿＿＿＿＿＿＿＿＿＿＿＿。

（2）チョコレートに含まれるポリフェノールにはどのような効用がありますか。

⇨ ＿＿＿＿＿＿＿＿＿＿＿＿＿＿＿＿＿＿＿＿＿＿＿

＿＿＿＿＿＿＿＿＿＿＿＿＿＿＿＿＿＿＿＿＿＿＿。

（3）カカオ豆には、病気を防ぐどのような成分が含まれていますか。

⇨ ＿＿＿＿＿＿＿＿＿＿＿＿＿＿＿＿＿＿＿＿＿＿＿

＿＿＿＿＿＿＿＿＿＿＿＿＿＿＿＿＿＿＿＿＿＿＿。

（4）ショコラトルのように、かつては薬として飲まれていたものにどんな物がありますか。それはどのような効能がありますか。

⇨ ＿＿＿＿＿＿＿＿＿＿＿＿＿＿＿＿＿＿＿＿＿＿＿

＿＿＿＿＿＿＿＿＿＿＿＿＿＿＿＿＿＿＿＿＿＿＿。

3. 短い会話を聞いて、最後の文の意味を（a／b）から選んでください。

（1）女：

（MP3 7-02）男：

a．宝くじが当たってほしい。

b．なかなか宝くじが当たらない。

（2）男：

（MP3 7-03）女：

a．この論文は、李君が書いたものに違いない。

b．この論文は、李君が書いたものではないだろう。

〈実践練習〉

問題1　会話・スピーチ（絵や図がない問題）

（1）〈解答〉　①　②　③　④

 1. みんなとカラオケに行きました。

2. みんなとゴルフに行きました。

3. みんなにお酒をおごりました。

4. みんなと温泉に行きました。

（2）〈解答〉　①　②　③　④

 1. 急行に乗ればよかった。

2. 各駅電車に乗ればよかった。

3. 逆方向の電車に乗ればよかった。

4. 終点まで行けばよかった。

（3）〈解答〉　①　②　③　④

（4）〈解答〉　①　②　③

（5）〈解答〉　①　②　③

問題2　絵・図・写真

（1）〈解答〉　① ② ③ ④

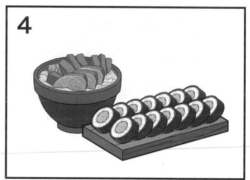

（2）〈解答〉　①　②　③　④

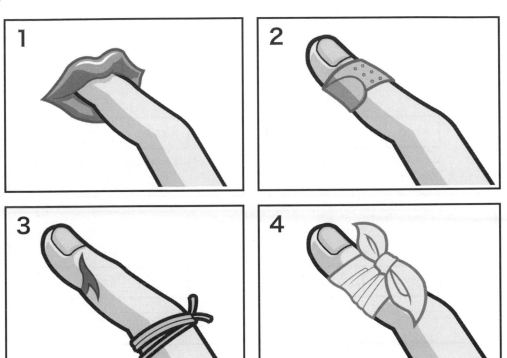

問題3　表・グラフ・資料・掲示物

（1）　〈解答〉　① ② ③ ④

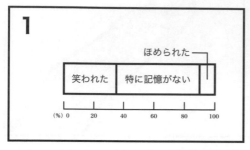

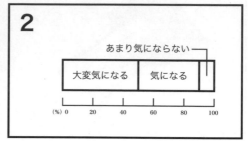

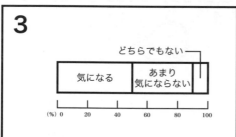

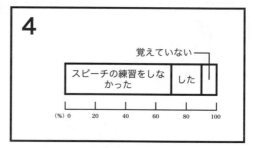

（2）〈解答〉　①　②　③　④

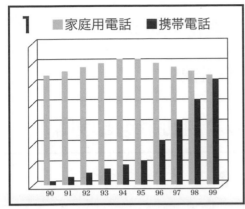

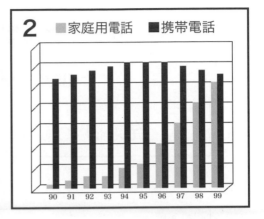

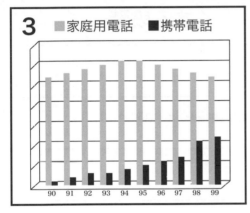

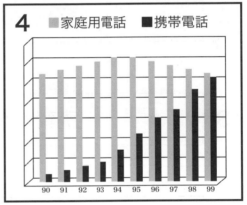

（3）〈解答〉　①　②　③　④

リサイクル型社会に向けた
企業の取り組み

1 | 廃棄物を資源として再利用する段階

↑

2 | 廃棄物を少なくする段階

↑

3 | 廃棄物を処理する段階

↑

4 | 取り組みを始める準備段階

■ 単語メモ ■

問題1

（1）
課長（かちょう）：課長

おごる：請客

（2）
各駅（かくえき）：毎個車站

逆方向（ぎゃくほうこう）：反方向

〜ばよかった：如果〜的話就好了

（3）
基準（きじゅん）：基準

技術力（ぎじゅつりょく）：技術力

将来性（しょうらいせい）：前途，前景

貢献度（こうけんど）：貢獻度

従来どおり（じゅうらい）：循往例

福祉関連（ふくしかんれん）：和福利有關的

ハイテク企業（きぎょう）：高科技企業

抜く（ぬ）：超越

（4）
任せる（まか）：交付

〜といて（＝〜ておいて）：事先做好

（5）
せっかく：後接否定，在拒絶的時候使用。謝謝您，不過〜。

問題2

（1）
巻き（散らし・にぎり）寿司（ま・ち・ずし）：捲壽司，握壽司。散らし是將海鮮等材料隨意的鋪在飯上的壽司

具（ぐ）：食材，内餡

海苔（のり）：海苔

お椀（わん）：碗

盛る（も）：裝盛

（2）
舐める（な）：舐

バンドエイド：OK繃

包帯（ほうたい）：繃帶

手を貸す（て・か）：手給我

大げさ（おお）：誇張

問題3

（1）
人目（ひとめ）：旁人眼光

気になる（き）：擔心，掛念

回答（かいとう）：回答

スピーチ：演講

苦手意識（にがていしき）：恐懼的心理

心理学者（しんりがくしゃ）：心理學者

聞き取り調査（きとりちょうさ）：訪談調査

〜た・ところ〜した：〜得到〜結果

〜弱：比〜少一點

（2）

我が国：我國

台数：台數

家庭用電話：家用電話

減少に転ずる：變少

（3）

リサイクルの取り組み：資源回收的進行

廃棄物：廢棄物

再利用：再利用

実質ゼロ：實質為零

目指す：以〜為目標

技術開発：技術開發

Unit 8　商業捕鯨の是非

 メモ

〈単語メモ〉

国際捕鯨委員会：國際捕鯨委員會

クジラ：鯨魚

絶滅する：滅亡

漁業資源：漁業資源

乱獲：濫捕

～くらい：大約，左右

ノルウェー：挪威

アイスランド：冰島

～に基づいて：根據～

～上に：不僅，再加上

食文化：飲食文化

みぞ：隔閡

知能：智商

残酷：殘酷

カンガルー：袋鼠

とやかく：這個那個地

〈問題〉

1. 本文の内容と合っているものに○を、合っていないものに×をつけてください。

(1) (　　) 現在は、クジラを保護するために、商業捕鯨が禁止されている。

(2) (　　) クジラは食用としてだけでなく、油を取るためにも捕鯨されていた。

(3) (　　) 全ての種類がクジラが、一時期、絶滅の危機にあった。

(4) (　　) クジラの生態を調べるための捕鯨も国際捕鯨委員会は禁止している。

(5) (　　) 日本以外にも、クジラを食べる民族は世界各地にいる。

(6) (　　) 日本がクジラを食べるようになったのは、近代に入ってからである。

(7) (　　) 日本は、種類によっては絶滅の心配がないほど増えていると主張している。

(8) (　　) クジラの数のデータが正しいかどうか、判断するのは難しい。

(9) (　　) 捕鯨については、クジラを食べる習慣のない国々の反対が強い。

(10) (　　) 国際捕鯨委員会は、知能の高いクジラを食べるのは残酷だと考えている。

2. はじめに質問を読んで、もう一度CDを聴いてください。そして、答えを言ってください。

（1）国際捕鯨委員会というのは、どのような機関ですか。

　　⇨ ＿＿＿＿＿＿＿＿＿＿＿＿＿＿＿＿＿＿＿＿＿＿＿＿＿＿＿

＿＿＿＿＿＿＿＿＿＿＿＿＿＿＿＿＿＿＿＿＿＿＿＿＿＿＿＿＿＿。

（2）国際捕鯨委員会は、どうして商業捕鯨を禁止したのですか。

　　⇨ ＿＿＿＿＿＿＿＿＿＿＿＿＿＿＿＿＿＿＿＿＿＿＿＿＿＿＿

＿＿＿＿＿＿＿＿＿＿＿＿＿＿＿＿＿＿＿＿＿＿＿＿＿＿＿＿＿＿。

（3）「絶滅の心配がないクジラの捕鯨を認めてほしい」という日本の主張に対して、どのような反対意見がありますか。

　　⇨ ＿＿＿＿＿＿＿＿＿＿＿＿＿＿＿＿＿＿＿＿＿＿＿＿＿＿＿

＿＿＿＿＿＿＿＿＿＿＿＿＿＿＿＿＿＿＿＿＿＿＿＿＿＿＿＿＿＿。

（4）あなたは、「クジラを食べるのは残酷だ」という意見について、どう思いますか。それはどうしてですか。

　　⇨ ＿＿＿＿＿＿＿＿＿＿＿＿＿＿＿＿＿＿＿＿＿＿＿＿＿＿＿

＿＿＿＿＿＿＿＿＿＿＿＿＿＿＿＿＿＿＿＿＿＿＿＿＿＿＿＿＿＿。

3. 短い会話を聞いて、最後の文の意味を（a／b）から選んでください。

（1）男：

（MP3 8-02）女：

　　a．最近、良子さんはずっと学校を休んでいる。

　　b．最近、良子さんはよく学校に遅刻する。

（MP3 8-03）男：

　　女：

　　a．自転車は、もう少しで車にぶつかるところだった。

　　b．自転車は、たった今、車にぶつかったところだった。

〈実践練習〉

問題1　会話・スピーチ（絵や図がない問題）

（1）〈解答〉　① ② ③ ④

 1. 市役所に連絡して相談します。

2. 販売店に連絡して取りに来てもらいます。

3. テレビがほしい人にあげます。

4. 粗大ゴミを集める日に出します。

（2）〈解答〉　① ② ③ ④

 1. 靴のひもがほどけています。

2. 靴がとても汚れています。

3. 靴の右左が逆です。

4. 左の靴と右の靴が違います。

（3）〈解答〉　① ② ③ ④

（4）〈解答〉　① ② ③

（5）〈解答〉　① ② ③

問題2　絵・図・写真

（1）〈解答〉　① ② ③ ④

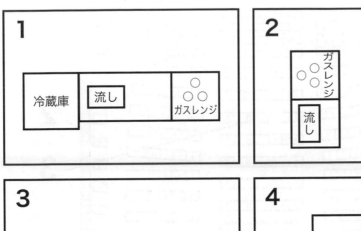

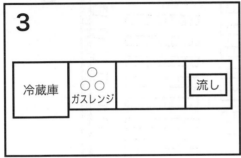
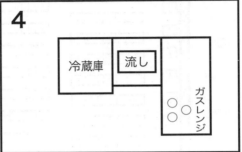

（2）〈解答〉　① 　② 　③ 　④

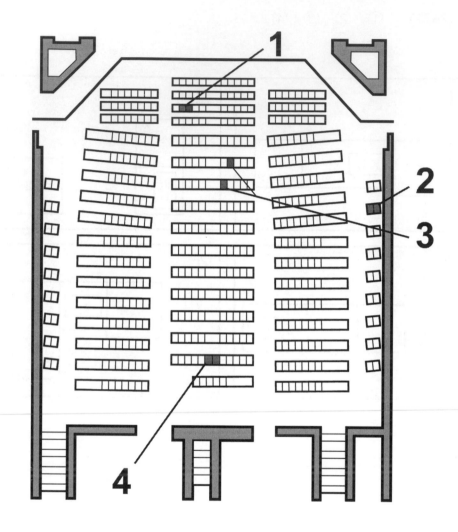

問題3　表・グラフ・資料・掲示物

（1）〈解答〉　① ② ③ ④

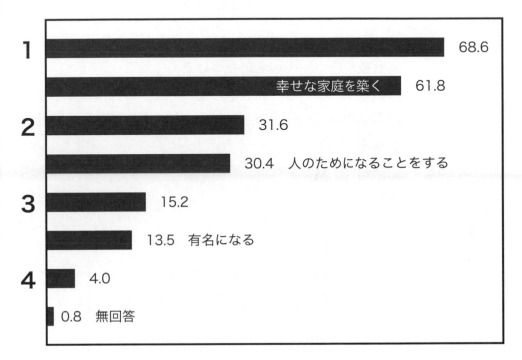

1	68.6
	幸せな家庭を築く　61.8
2	31.6
	30.4　人のためになることをする
3	15.2
	13.5　有名になる
4	4.0
	0.8　無回答

（2）〈解答〉　①　②　③　④

MP3
8-12

日本人の祝い事

0	誕　生
7日目	お七夜…………………名前をつける
1ヶ月	お宮参り……………赤ちゃんを抱いて、神社にお参りする
100日	お食い初め…………赤ちゃんにご飯を食べるまねをさせる
1年	初誕生
3月3日	初節句（　**A**　）
5月5日	初節句（　**B**　）
3歳	七五三（　**C**　）…神社にお参りする
5歳	七五三（　**D**　）…神社にお参りする
7歳	七五三（　**E**　）…神社にお参りする
20歳	成人式
60歳	還　暦

（3）　　〈解答〉　　① ② ③ ④

運動技術の指導

1—A．視覚化

選手の実技を録画し、どこに問題点があるか、選手に伝える。

2—B．イメージトレーニング

選手自身が、実技をしている自分の頭の仲で姿をイメージしてみる。

3—C．フィードバック

指導者が、実技の後で評価を加え、改善点を指導する。

4—D．動機付け

内的な動機付け：選手が自分で目標を設定し、自発的の努力する。

外的な動機付け：結果によって、報奨や賞罰を与える。

■ 単語メモ ■

問題1

（1）

法律（ほうりつ）：法律

引き取る（ひきとる）：回收，收回

運搬料金（うんぱんりょうきん）：搬送費用

～に限らず（かぎらず）：不只，不光是～

コストがかかる：花費成本

負担する（ふたん）：負擔

一石二鳥（いっせきにちょう）：一舉兩得

（2）

あべこべ：相反

ほどける：解開，鬆開

（3）

通常（つうじょう）：通常，一般

体温（たいおん）：體溫

～がちだ：容易～

人体（じんたい）：人體

体内時計（たいないどけい）：生理時鐘

夜型生活（よるがたせいかつ）：夜行性生活

狂う（くるう）：亂掉

体調を崩す（たいちょうをくずす）：造成身體不適

不眠症（ふみんしょう）：失眠

（4）

グアム旅行（りょこう）：關島旅行

～うとする：打算

（5）

～うか～まいか：是否要～

だめで元々（もともと）：本來就有失敗的心理準備了。意指何不放手一搏。

～かねない：極有可能

問題2

（1）

台所（だいどころ）：廚房

ポイント：要領，重點

というと：說到

流し（ながし）：流理台

ガスレンジ：瓦斯爐

三角形（さんかっけい）：三角形

（～ば）～ほど：越～越～

直線（ちょくせん）：直線

移動（いどう）：移動

ロス：損失

なるほど：原來如此

～たびに：每次～的時候

（2）

歌舞伎（かぶき）：歌舞伎

公演（こうえん）：公演

なるべく：盡量，盡可能

中央寄り（ちゅうおうより）：靠中間

隣同士（となりどうし）：相鄰的2個座位

問題3

（1）

出世する：成功，出人頭地

築く：建立

（2）

行事：儀式，活動

〜を通じて：在〜當中

ひな祭り：女兒節

端午の節句：端午節

七夕：七夕

お盆：盂蘭盆會

七五三：兒童的節日

お祭り：節慶

（3）

運動技能：運動技能

高める：提升

スポーツ：運動

やみくも：無頭緒地

学びがい：學習價值

自ら：自己

向き合う：面對面

見いだす：找到

〜てはじめて：〜方始

Unit 9　不登校

 メモ

〈単語メモ〉

不登校：學生非因傷病假而未到校的天數一年超過30天以上的現象

文部科学省：教育部

学校基本調査：學校基本調査

計算：計算

手放し：放手不管

不明：不詳

保健室：保健室

ばらつき：不同，出入

〜といっても：雖說

保証：保證

きっかけ：開端，契機

無理矢理：勉強，強迫

悩み：煩惱

スクールカウンセラー：學校輔導老師，諮商師

フリースペース：自由空間

居場所：屬於自己的地方

〈問題〉

1. 本文の内容と合っているものに○を、合っていないものに×をつけてください。

⑴（　　）一年に30日以上欠席した子どもを、不登校と呼んでいる。

⑵（　　）不登校の子どもが減少したという文部科学省の報告は事実と異なる。

⑶（　　）不登校の子どもの数は、じょじょに減る傾向にある。

⑷（　　）教師によって、出席か欠席か、判断の基準が異なる可能性もある。

⑸（　　）いじめが原因で不登校になる子どもが一番多い。

⑹（　　）不登校になる子どもに共通しているのは、学校教育への不満である。

⑺（　　）不登校になった原因は一人一人違うので、対応の仕方も一人一人異なる。

⑻（　　）親は不登校の子どもを、無理矢理学校に通わせようとはしない方がいい。

⑼（　　）学校だけが「学びの場」ではないので、その子に合ったやり方をすればいい。

⑽（　　）「フリースクール」や「フリースペース」も、学校の一種である。

2. はじめに質問を読んで、もう一度CDを聴いてください。そして、答えを言ってください。

（1）「不登校」というのは、どのような状態のことですか。

　　⇨ _____

　　_____。

（2）この人は、2002年に不登校の子どもが減ったという文部科学省の話を聞いて、どうして「まだ手放しで喜べる状態ではない」と思ったのですか。

　　⇨ _____

　　_____。

（3）この人は、不登校の子どもにはどうしてあげる必要があると言っていますか。

　　⇨ _____

　　_____。

（4）あなたは学校に行きたくないと思ったことはありますか。それはどんなときですか。

　　⇨ _____

　　_____。

3. 短い会話を聞いて、最後の文の意味を（a／b）から選んでください。

（1）男：

女：

　　a．成績が少し悪くなったぐらいで、叱らなくてもいい。

　　b．こんなに成績が悪いのだから、叱るのは当たり前だ。

（2）男：

女：

　　a．主人と相談してからでないと、決められません。

　　b．主人と相談してみますが、たぶん無理でしょう。

〈実践練習〉

問題1　会話・スピーチ（絵や図がない問題）

（1）〈解答〉　①　②　③　④

 1. 5分遅れています。

2. 10分遅れています。

3. 15分遅れています。

4. 20分遅れています。

（2）〈解答〉　①　②　③　④

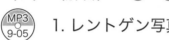 1. レントゲン写真と診断書

2. レントゲン写真と飲み薬

3. 診断書と塗り薬

4. 診断書と飲み薬

（3）〈解答〉　①　②　③　④

（4）〈解答〉　①　②　③

（5）〈解答〉　①　②　③

問題2　絵・図・写真

（1）〈解答〉　①　②　③　④

MP3
9-09

1	2
減少	減小

3	4
減小	減少

（2）〈解答〉　①　②　③　④

問題3　表・グラフ・資料・掲示物

（1）〈解答〉　① ② ③ ④

1	モ	リ		タ	ダ	オ				
2	モ	リ	タ	ダ	オ					
3				モ	リ		タ	タ゛		オ
4	モ	リ		タ	タ゛		オ			

（2）〈解答〉　①　②　③　④

1	**応募券３点**　**応募券３点**　西東京市本通り２−４−１０３ 大谷ひかり　３５歳　03-3349-2422　Ｍサイズ　希望
2	**応募券３点**　**応募券３点**　西東京市本通り２−４−１０３ 大谷ひかり　03-3349-2422　女　Ｍサイズ　希望
3	**応募券２点**　**応募券２点**　西東京市本通り２−４−１０３ 大谷ひかり　３５歳　03-3349-2422　女　Ｍサイズ　希望
4	**応募券６点**　西東京市本通り２−４−１０３ 大谷ひかり　３５歳　女　03-3349-2422　いざわＴシャツ希望

（3）

対人距離と親密度

親密ゾーン	0.6m	接触レベル（恋人レベル） 心身ともに触れ合える距離
対人ゾーン	0.6〜1.2m	プライベートレベル（友人レベル） 手を伸ばせば触れる事も可能な距離
社会的ゾーン	1.2〜3.3m	フォーマルレベル（知人レベル） 人間関係は成立するが、細かい表情は見えない距離
公的ゾーン	3.3m〜	大衆レベル 相手と個人的関係は成立しない距離

（質問1） 〈解答〉 ① ② ③ ④

1 笑いながら、相手の肩を叩く。

2 微笑みながら、じっと見つめる。

3 笑顔を浮かべて、相手をほめる。

4 相手を見つめながら、手を握る。

（質問2） 〈解答〉 ① ② ③ ④

1 親密ゾーンです。

2 対人ゾーンです。

3 社会的ゾーンです。

4 公的ゾーンです。

■ 単語メモ ■

問題1

（1）

ということは：也就是說～

（2）

レントゲン：X光

骨が折れる：骨折

痛み：疼痛

腫れ：腫

おさ（治）まる：改善，緩和

安静にする：静養

痛み止め：止痛藥

～錠：錠，顆

診断書：診斷書

（3）

ペット：寵物

役割：扮演的角色

障害：障礙，毛病

休まる：得到慰藉

ストレス：壓力

血圧：血壓

精神の安定：使精神安定

健康の回復：回復健康

ペットセラピー：寵物療法

～を通じて：藉由～

医療現場：醫療現場

試みる：試驗

（4）

親睦旅行：交誼旅行

（5）

ダイエット：減肥

エアロビクス：有氧運動

まさか：不會吧

かえって：反倒，反而

問題2

（1）

バツ：錯

（2）

目印：辨認的指標

格子戸：格子門

植木：栽種的樹，盆栽的花木

刈る：割掉，修剪

門：大門

問題3

（1）

申込用紙：申請表

左側に詰める：向左側靠

一マス：一格

（2）

指揮者：指揮

記念する：紀念

応募方法：參加辦法

ＣＤ：ＣＤ

応募券：活動參加券

性別：性別

明記する：寫明

サイズ：大小，尺寸

番組宛：節目收

抽選：抽籤

さらに：另外

サイン入り：有簽名的

当選者：當選人

発送：發送，寄送

〜をもって：以〜方式

肯定する：肯定

サイン：簽名

自己是認欲求：自我認同的慾望

満たす：滿足

テクニック：技巧

さりげない：若無其事地

触れる：接觸

組み合わせる：組合

肩を叩く：拍肩膀

微笑む：微笑

浮かべる：出現，想起

見つめる：凝視

（3）

物理的：物理上的

距離：距離

心理的：心理層面

比例する：成正比

四層：四層

ゾーン：區域，地帶

対人距離：和人之間的距離

壁：牆

乗り越える：跨過，越過

雑談中：閒談中

思い切って：大膽的

親密ゾーン：親密的區域，地帶

進入する：進入

笑顔：笑容

Unit10　ゆとり教育の見直し

 メモ

〈単語メモ〉

ゆとり教育_{きょういく}：寬裕教育	～に基_{もと}づく：基於～
見直_{み なお}し：重新檢視	とらわれる：受限於～
公表_{こうひょう}する：公佈	完全週五日制_{かんぜんしゅう いつか せい}：工作五天周休兩天的制度
国際学力調査_{こくさいがくりょくちょう さ}：國際學生學力評量	目指_{め ざ}す：以～為目標
普段_{ふ だん}：平時	体験活動_{たいけんかつどう}：體驗活動
トップ：首位，第一名	反省_{はんせい}：反省
文章_{ぶんしょう}：文章	重視_{じゅう し}する：重視
～ざるを得_えない：不得不～	～を踏_ふまえて：參考，依據～

〈問題〉

1. 本文の内容と合っているものに○を、合っていないものに×をつけてください。

(1)（　　）PISA（ピサ）というのは、国際学力調査の一種である。

(2)（　　）日本は、長い間、理科、算数の成績が世界で一番だった。

(3)（　　）2006年、理科、算数の成績が著しく低下した。

(4)（　　）文章などを読んで理解する力は、それほど悪くなかった。

(5)（　　）日本で学校が週休二日制になったのは、2002年からである。

(6)（　　）「ゆとり教育」は受験中心の詰め込み教育への反省から生まれた。

(7)（　　）「ゆとり教育」で、体験学習などの総合学習の時間が取り入れられた。

(8)（　　）総合学習の時間を評価している現場の先生たちは多い。

(9)（　　）土曜日の授業を認めるかどうかも、検討課題となっている。

(10)（　　）見直しでは、受験重視の授業に戻すことが必要だと考えられている。

2. はじめに質問を読んで、もう一度CDを聴いてください。そして、答えを言ってください。

（1）「PISA」というのは、どのような能力をみるテストですか。

⇨ _____

_____。

（2）「ゆとり教育」が目指したのはどのようなことですか。

⇨ _____

_____。

（3）「ゆとり教育」の反省点として、ほぼ共通しているのはどんな点ですか。

⇨ _____

_____。

（4）あなたは、「ゆとり教育」の学校と受験重視の学校と、どちらを選びますか。それはどうしてですか。

⇨ _____

_____。

3. 短い会話を聞いて、最後の文の意味を（a／b）から選んでください。

（1）男：

MP3 10-02 女：

　　a．味もいいし、値段も安いからです。

　　b．味はまあまあだが、値段が安いからです。

（2）男：

MP3 10-03 女：

　　a．暖かいものを食べて、ゆっくり休まなければなりません。

　　b．暖かいものを食べて、ゆっくり休むのが一番いいです。

〈実践練習〉

問題1　会話・スピーチ（絵や図がない問題）

（1）〈解答〉　① ② ③ ④

 1. パソコンを持ち歩くことです。

2. メールを送ることです。

3. ウェブサイトを見ることです。

4. 長時間使うことです。

（2）〈解答〉　① ② ③ ④

 1. 学費が払えないので、進学を諦めます。

2. 日本学生支援機構の奨学金に応募してみます。

3. 入学時の学費の支払いを分けて払います。

4. 国公立の大学を選びます。

（3）〈解答〉　① ② ③ ④

（4）〈解答〉　① ② ③

（5）〈解答〉　① ② ③

問題2　絵・図・写真

（1）〈解答〉　① ② ③ ④

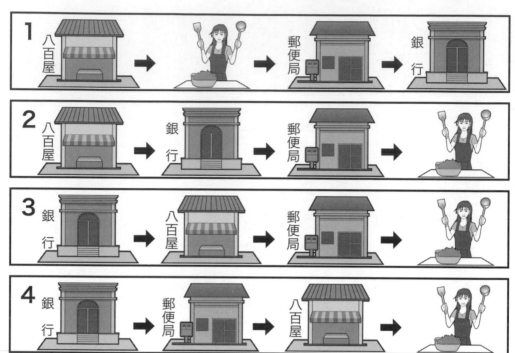

（2）〈解答〉　① ② ③ ④

問題3　表・グラフ・資料・掲示物

（1）〈解答〉　①　②　③　④

1	旅券　在学証明書　支払い証明書　更新申請書 入国管理局　前日まで手続き要　翌日交付
2	パスポート　在学証明書　ビザ更新申請書 入国管理局　前日まで手続き要　次の日交付
3	旅券　在学証明書　支払い証明書　更新申請書 入国管理局　一日前までに手続きすること　即日交付
4	旅券　在学証明書　支払い証明書　更新申請書 入国管理局　一月前までに手続き要　翌日交付

（2）〈解答〉　① ② ③ ④

	月	火	水	木	金	土	日
3月	14	15	16	17	18	19	20
	21	22	23	24	㉕	26	27
	28	29	30	㉛			
4月	月	火	水	木	金	土	日
					①	②	3
	4	5	6	7	8	9	10
	11	12	13	14	15	16	17

1 ㉛
2 ㉕
3 ①
4 ②

（３）〈解答〉　①　②　③　④

MP3
10-13

履　歴　書　　　　　平成18年３月４日　現在

—1

ふりがな	てんしょくたろう
氏　名	転　職　太　郎

昭和　48年　4月　13日生　　　　（満 33 歳）

ふりがな	ちばけんうらやすしほりえ
現 住 所	千葉県浦安市堀江1-1-1

電　話
090-1234-5678

—2

年	月	
		学　　　歴
平成元年	4	××××××××××××××××××××
平成４年	3	××××××××××××××××××××
平成４年	4	××××××××××××××××××××
平成８年	3	××××××××××××××××××××
		職　　　歴
平成８年	4	株式会社×××××××入社
		××××××××××××××××××
平成13年	5	××××××××××××××××××
		以上

—3

年	月	免許・資格・賞罰

—4

志望の動機

　　×××××××××××××××××××××××××××××××××××

　　×××××××××××××××××××××××××××××××

　　×××××××××××××××××××××××××××××××。

■ 単語メモ ■

問題1

（1）

インターネットカフェ：網咖

無料（むりょう）：免費

サービス：服務

メンバー：成員

登録する（とうろく）：登録

注文する（ちゅうもん）：購買

メール機能（きのう）：郵件功能

（2）

まとまる：一大筆，一整筆

優秀（ゆうしゅう）：優秀

奨学金（しょうがくきん）：獎學金

申し込む（もうこ）：申請

選考（せんこう）：選拔

倍率（ばいりつ）：競爭率

試す（ため）：嘗試

分割払い（ぶんかつばら）：分期付款

（3）

EQ能力（のうりょく）：情緒管理能力

知能指数（ちのうしすう）：智商

重視する（じゅうし）：重視

感情（かんじょう）：感情

把握する（はあく）：掌握

調整する（ちょうせい）：調整

築く（きず）：構築

指導する（しどう）：指導

リーダー：領導人

他者（たしゃ）：別人

適切（てきせつ）：適當

働きかける（はたら）：推動

共同作業（きょうどうさぎょう）：共同工作

記憶力（きおくりょく）：記憶力

分析力（ぶんせきりょく）：分析力

説得する（せっとく）：說服

共同作業チーム（きょうどうさぎょう）：共同工作團隊

統率する（とうそつ）：統率

指導力（しどうりょく）：指導力

（4）

聞き取る（きと）：聽見，聽取

声が遠い（こえとお）：聲音很小

（5）

〜おかげ：託福，歸功於〜

〜せい：歸罪於〜

問題2

（1）

パトカー：警車

交差点（こうさてん）：交叉路口

右折する（うせつ）：向右轉彎

サイレン：汽笛，警報器

スピーカー：擴音器，喇叭

混<ruby>ま<rt></rt></ruby>ざる：攪雜

アナウンス：廣播

（２）

宅配ピザ<ruby>たくはい<rt></rt></ruby>：比薩送到家

合計金額<ruby>ごうけいきんがく<rt></rt></ruby>：合計金額

消費税込み<ruby>しょうひぜいこ<rt></rt></ruby>：含消費稅

問題3

（１）

メモを取<ruby>と<rt></rt></ruby>る：作筆記

ビザの更新<ruby>こうしん<rt></rt></ruby>：簽證的更新

手続<ruby>てつづ<rt></rt></ruby>き：手續

旅券<ruby>りょけん<rt></rt></ruby>：護照

申請書<ruby>しんせいしょ<rt></rt></ruby>：申請書

入国管理局<ruby>にゅうこくかんりきょく<rt></rt></ruby>：入境管理局

有効期限<ruby>ゆうこうきげん<rt></rt></ruby>：有效期限

在学証明<ruby>ざいがくしょうめい<rt></rt></ruby>：在學證明

支払<ruby>しはら<rt></rt></ruby>い証明<ruby>しょうめい<rt></rt></ruby>：繳費證明，支付證明

交付<ruby>こうふ<rt></rt></ruby>する：交付

（２）

今年度<ruby>こんねんど<rt></rt></ruby>：本年度

決算<ruby>けっさん<rt></rt></ruby>：決算

避<ruby>さ<rt></rt></ruby>ける：避開

すっきり：神清氣爽

（３）

履歴書<ruby>りれきしょ<rt></rt></ruby>：履歷表

書<ruby>か<rt></rt></ruby>き直<ruby>なお<rt></rt></ruby>す：重寫

背景<ruby>はいけい<rt></rt></ruby>：背景

学歴<ruby>がくれき<rt></rt></ruby>：學歷

職歴<ruby>しょくれき<rt></rt></ruby>：工作經歷

資格<ruby>しかく<rt></rt></ruby>：證照

特技<ruby>とくぎ<rt></rt></ruby>：特別的技能

賞罰<ruby>しょうばつ<rt></rt></ruby>：功過

運転免許<ruby>うんてんめんきょ<rt></rt></ruby>：駕照

作文コンクール<ruby>さくぶん<rt></rt></ruby>：作文比賽

優勝<ruby>ゆうしょう<rt></rt></ruby>する：獲得冠軍，獲勝

志望動機<ruby>しぼうどうき<rt></rt></ruby>：應徵動機

N2（二級）
聴解内容

Unit 1　エコマーク

〈基本練習〉

　商品の上に、人の手が地球を包んでいるようなマークがついているのを、見たことがありますか。

　これが、「エコマーク」です。商品の種類によって、それぞれ基準があり、合格したものにだけつけられています。

　その基準というのは、なるべく環境を汚さないことや、エネルギーを節約することを重視しているなどの点ですが、日本環境協会というところが審査して決めています。

　エコマークのほかには、家電製品やパソコン、食品の袋や箱などに、緑色の葉っぱや地球、「ECO」の文字などをデザインしたマークがついています。メーカーが独自でつけているマークは数万種類もあると言われています。

　しかし、各社がばらばらの基準でマークをつけると、消費者が混乱してしまいます。そこで環境省は「環境表示ガイドライン」という決まりを1月にまとめました。簡単に言うと、会社が独自に「環境にいいですよ」と言って商品を宣伝するときは、その理由をきちんと説明することを求めています。基本的には、訴えていることが正確であり、根拠をはっきり示す必要があります。

　ですから、「環境にやさしい」「自然にやさしい」「無公害」「グリーン」といった、曖昧なうたい文句だけではだめで、こうした言葉やマークだけを使うことは避けるよう注意を呼びかけています。

　ただ、環境省のつくったガイドラインは法律ではありません。守らなくても罰せられることはありません。しかしながら、別に不当な広告を規制する「景品表示法」という法律がありますから、きちんと説明ができないのに、環境のイメージだけを利用して商売しようとするなど、あまりに悪質な会社

は取り締まられることになります。

3

（1）女：この雨ですが、校内マラソ
　　　　ン大会はどうしますか。

　　　男：中止せざるを得ないんじゃ
　　　　ないか。

（2）男：私は国立大学に合格できる
　　　　でしょうか。

　　　女：あなたの努力次第ね。

〈実践練習〉

問題1

（1）女の人がアルバイトについて電
　　話で問い合わせています。会話
　　の内容と合っているのはどれで
　　すか。

女：もしもし、アルバイト募集の広告
　　を見てお電話したんですが……。

男：はい。

女：年齢・経験を問わずと書いてあり
　　ましたが……。

男：はい、そうです。簡単な詰め込み

作業で、給料もみな一律です。い
つでも面接にいらっしゃってくだ
さい。

（問）会話の内容と合っているのはど
　　　れですか。

（2）新聞の読者の欄に寄せられた意
　　見です。

男：友人の誕生日にプレゼントを送
　　ってもしばらく返事がない。よ
　　うやく、その友人から電話が入
　　り、「何度電話しても留守みたい
　　で…」などと言われる。元来、日
　　本では、電話によるお礼は常識外
　　れとされてきた。手紙による返事
　　が正当である。人とのぬくもりの
　　あるつき合い、そのひとつの手段
　　として手紙を書くことがあるので
　　はないだろうか。

（問）この人が一番言いたいことは何
　　　ですか。

（3）男の人が、新しく改良されたプラスチックについて話しています。

男：石油から作られるプラスチックは軽くて丈夫、形を自由に変えられるので、多くのものに利用されています。しかし、木や紙と違い、土のなかで分解されず、いつまでも残ってしまうという難点があります。また、燃やすと有毒ガスが発生します。

そこで近年、これらの点を改良した新しいプラスチックが作られました。このプラスチックはトウモロコシや植物のでんぷんなどを原料として作られているので、土の中に埋めておくと微生物によって分解されます。ただし、従来のプラスチックほど耐久性がないので、従来のものに比べて、用途に制約があります。

（問）新しいプラスチックの特徴として、正しいのはどれですか。

1. 石油を原料にしている。
2. 土の中でも分解されない。
3. 従来の物より用途が広い。
4. 従来の物ほど耐久性がない。

（4）お店での会話です。話を聞いて、それに対する正しい答えを選んでください。

男：これ、贈り物にしたいので、きれいに包んでもらいたいんですが。

女：（…………）。

（答）

1. かしこまりました。
2. たまわりました。
3. おそれいります。

（5）話を聞いて、それに対する正しい答えを選んでください。

女：明日、10課から20課までの単語の試験をしますから、全部覚えてきてください。

男：えっ！そんなに。先生、とても……。

（答）

1. がんばります。

2. 覚えきれませんよ。

3. たくさんですね。

問題2

（1）男の人と女の人が電話で話しています。男の人の家はどこですか。

女：今、駅に着きました。お宅までどのように行けばいいですか。

男：駅前の太い道に沿って行くと、左側に大きい本屋があります。

女：はい、本屋がありました。

男：じゃ、本屋の向かい側の細い道を入ってください。

女：はい、今、細い道に入りました。

男：そのまままっすぐ行くと、花屋があります。私の家は、その次の交差点の手前にあります。

女：手前ですね。わかりました。

（問）男の人の家はどこですか。

（2）ラジオの道路情報です。中原から本町へ車で行く際、どの道が一番速いですか。

男：道路情報をお知らせします。中原から本町方面へ向かう国道8号線

は15キロの渋滞です。国道8号線と平行に走る「せせらぎの道」が今日は歩行者専用道路になっているため、この渋滞はしばらく続く見込みです。また、裏山を抜ける道は先日の崖崩れで通行止めになっています。

なお、バイパスは現在のところ順調に流れています。

（問）どの道が一番速いですか。

問題3

（1）男の人と女の人が話しています。女の人はどの順番で準備しますか。

男：明日は朝7時に荷物が届くことになっているから、着き次第、商品をチェックして、棚に並べておいてくれ。

女：はい、その前に棚を拭いておいたほうがいいですね。せっかくの商品が汚れると困りますから。

男：おう、そうだな。それから、お釣りの準備は終わってる？

女：いえ、細かいお金がもう無かったと思います。朝、商品をチェックしているうちに銀行が開くでしょうから、ちょっと走って行ってきます。

男：ああ、銀行へは私が行くから、レジのチェックを頼むよ。その間に商品を並べておいてくれ。

女：はい、分かりました。

（問）女の人はどの順番で準備します

か。

（2）男の人が話しています。男の人
の会社の実績を表しているのは
どれですか。

男：我が社の昨年度の売上実績のグラ
フを見てください。前半の4月か
ら6月までは製品の売上はまずま
ずでしたが、夏の中元の時期、あ
まり伸びが見られず、秋から冬に
かけては、しだいに売上が落ち込
み、お歳暮商戦では過去最低を記
録することになりました。その
後も、低調に推移しています。現
在、社としては市場調査を行って
売上不振の原因を分析していま
す。

（問）男の人の会社の実績を表してい
るのはどれですか。

Unit 2　気候変動枠組み条約

〈基本練習〉

　最近、コップという言葉をニュースでよく聞きます。水や牛乳を入れて飲む、あのコップのことではありません。地球温暖化をくい止めるための「国連気候変動枠組み条約」について、国どうしの取り決めを話し合う国際会議のことです。

　2007年12月、インドネシアのバリ島に187か国の代表が集まって、温暖化対策について話し合いました。しかし、このCOP13ではCO_2の削減目標を盛り込むことができず、2013年から世界の国々がどんな対策をとるか、CO_2を吸収してくれる森林がすごいスピードで減っているのをどうくい止めるかなどについて、あと2年間かけて決めていくことになりました。

　180以上の国々が考え方を同じにするのは簡単な作業ではありません。COP13で決めた文書の下書きには、「先進国はCO_2などを出す量を、2020年までに1990年と比べて25～40％減らす」と書かれていました。しかし、そういう数字を出すのは早すぎると、先進国の間でも意見がまとまりませんでした。

　先進国と途上国の間の溝も大きいです。温暖化を食い止めるには、途上国にもCO_2の削減に協力してもらうことが必要ですが、途上国が要求しているように、先進国が率先してCO_2をたくさん減らす約束をしない限り、途上国はついてきません。同時に、先進国が途上国にCO_2の出る量がより少なくてすむ省エネ技術を提供したり、環境保全のための資金援助をしたりすることが不可欠です。

　世界中の科学者でつくる気候変動に関する政府間パネルがまとめた温暖化の報告書によって、想像以上に温暖化のスピードが上がっていて、大変な被害が出そうなことがわかりました。何もしなければ温暖化はどんどん進み、被害も増えていきます。これからの2

年間は大切な会議を重ね、みんなが温暖化をくい止める方法を真剣に考えなければなりません。

3

（1）女：この条件でいかがでしょうか。

男：もう少し契約料を上乗せしていただけないと、この条件ではこの仕事は引き受けがたいです。

（2）男：会場の準備、他の人にも手伝ってもらったらどうですか。

女：みんな忙しいので、手伝ってもらうわけにはいかないんです。

〈実践練習〉

問題1

（1）男の人と女の人が話しています。中山さんについて、正しくないのは何番ですか。

男：中山さんにしては珍しく遅いね。どう、連絡が取れた？

女：いいえ、まだ。携帯がつながりませんし、自宅の電話も留守番電話になっています。

男：う〜ん。

女：一応メッセージは残しておきましたが。

男：困ったね。中山さん抜きでは、この商談は始められないよ。

女：まだ始まるまで、10分ありますから…

男：中山さんに限って、まさか遅刻はないよな。

（問）中山さんについて、正しくないのは何番ですか。

（2）男の人と女の人が話しています。二人は何をしていますか。

女：ああ、なんて気持ちがいいんでしょ。

男：いやあ、風を切って走るって、実に爽快だね。でも、坂道を上るの

は、ちょっときついなぁ。

女：普段、運動不足だからよ。

男：しかたがないよ。毎日残業で、運動どころじゃないんだから。

女：だからこそ、一生懸命こぐと、汗をかいて健康にいいのよ。さあ、行くわよ。

（問）二人は何をしていますか。

（3）男の人が最近、日本で発病者が増えているマラリアについて話しています。

男：最近、日本でマラリアを発病する人が増えています。マラリアは熱帯地域の伝染病で、病原体を持った蚊に刺されて発病します。ですから、熱帯地域を旅行した人がかかっても不思議はないのですが、実はそんな地域に旅行に行っていないのに発病する人が増えているのです。それは熱帯にいるはずの蚊が、日本でも増えていることを意味しています。普通は、船など

で蚊が運ばれてきても、熱帯の蚊は寒さに弱く、日本では冬を越すことができません。それが死なずに繁殖しているということは、日本の気温が上昇し、しだいに亜熱帯化しつつあることを示しています。地球温暖化が私たちの生活に影響を及ぼし始めている、その一例なのです。

（問）男の人の話の内容と合っていないのはどれですか。

1. マラリアは元来、熱帯地方の病気で、日本には存在しなかった。

2. 日本で発生しているマラリアは、旅行者が病原体を持ち込んでいる。

3. 以前の日本では、熱帯にいる蚊は、日本の冬を越せず、死んでいた。

4. 熱帯にいる蚊が日本で繁殖しているのは、地球温暖化と関係がある。

（4）学生が空港へ先生を迎えに行ったときの会話です。重そうなスーツケースを持っている先生を見て、学生はどう言いますか。

（答）

1. 先生、お荷物、お持ちいたします。

2. 先生、お荷物、持ってさしあげます。

3. 先生、お荷物、お持ち願います。

（5）会社での会話です。話を聞いて、それに対する正しい答えを選んでください。

女：孫さん、忙しいところを申し訳ないんだけど。

男：（…………）。

（答）

1. いいえ、どういたしまして。

2. はい、何でしょうか。

3. はい、そうなんです。

問題2

（1）男の人と女の人が絵について話しています。どの絵ですか。

男：抽象画って、どうも意味が分からないな。

女：う〜ん。

男：理解し難いね。この大きな丸と右上の小さな点、その間に水平に引かれた一本の直線。

女：何となく平和な感じもするし、線で区切られて冷たい感じもするし…

（問）どの絵ですか。

（2）男の人と女の人が話しています。机はどのように並べますか。

女：あ、会議の準備ですか。手伝いましょうか。

男：お、助かるよ。机を並べてくれるかい？

女：はい。

男：今日はゆっくり議論したいから、

机を輪の形に並べたいんだが。

女：数は？

男：20人前後だから……。

女：2重の輪にしないと、無理かもしれません。

男：2重はちょっとなぁ。

女：机と机の間を詰めてもよければ、なんとかなりそうですが……。

男：じゃ、くっつけていいよ。

（問）机はどのように並べますか。

（3）女の先生が図の描き方を教えています。生徒が描いた図はどれですか。

女：今日は、図形を描く練習をします。まず、上から下に、縦の線を二本、離して書いてください。次に、左から右へ、横の線を二本、同じように離して書きましょう。真ん中に四角形ができますね。では、最後に、上の横線に接するように、小さい円を描いてください。できましたか。あれ？李君、

横線が一本足りませんよ。でも、それ以外はOKです。

（問）生徒が描いた図はどれですか。

問題3

（1）女の人がアンケートの結果を報告しています。中学生・高校生が「将来やりたい仕事」の順位はどれですか。

女：表をご覧ください。12歳から19歳までの男女を対象に行ったアンケート調査の結果ですが、将来やりたい仕事を挙げてもらったところ、トップには「教師」が挙がり、次いで「スポーツ選手」、「保母または保育士」、「美容師」、「看護婦または看護士」の順でした。前回のアンケート調査で1位だった「公務員」は6位に転落し、「会社員」も6位から8位へ順位を下げました。これに対し、前回8位の「スポーツ選手」は2位に、「保母または保育士」は4位から3位へそれぞれアップしています。

（問）中学生・高校生が「将来やりたい仕事」の順位はどれですか。

（2）男の人と女の人が電話で話しています。男の人の名前が、正しく書いてあるのはどれですか。

女：「おだひでお」さんですね。

男：はい。「おだ」は、「小さい」に、田んぼの「た」です。

女：小さい田ですね。はい。

男：「ひでお」は英雄の「えい」に「夫」です。

女：英雄と書いて、「ひでお」さんですか。

男：いいえ、最後は「えいゆう」の「ゆう」ではなくて、「夫」の「お」です。

（問）男の人の名前が、正しく書いてあるのはどれですか。

Unit 3　DNA鑑定

〈基本練習〉

　「DNA鑑定が、犯人逮捕の決め手となった」「DNA鑑定により、親子関係が証明された」など、よくニュースで聞くことはないでしょうか。生物は、遺伝子の情報から作られるタンパク質を中心にしてできています。その遺伝子情報が含まれているDNAは、A（アデニン）、T（チミン）、C（シトシン）、G（グアニン）という塩基配列で形成されています。

　この塩基配列の短い組み合わせ、例えば、CACACA…やGACGAC…などの繰り返し配列がDNAにはたくさん存在していて、繰り返し配列の数に個人差が出てきます。それを利用して、個体を識別するのがDNA鑑定です。DNA鑑定は、確率として100％を保障するものではありませんが、99.999％という高い確率を示すようにされています。

　このDNA鑑定は、私たち「ヒト」ばかりではなく、ウシやブタ、ニワトリなどの家畜の品質管理にも利用されています。産地偽装などが問題になる今日、このDNA鑑定は、偽装を暴く上で大切なものなのです。

　しかし、最近では、子にどんな才能があるかを調べるため、DNA鑑定に走る親たちがいます。この親たちの目的は、わが子の将来を予測することです。つまり、子供の生まれつきの才能がわかれば、早いうちからそれを伸ばし、一流の人材に育てやすいというのです。例えば、将来身長が驚くほど高くなることがわかればバスケットボールの選手を目指せばいいし、音感が良いとわかれば、一流の音楽家を目指せばよいというわけです。

　確かに、DNA鑑定によって、ある程度の子供のIQや運動能力、性格などの情報を得ることができるのですが、DNA鑑定だけで子供の全てがわかるわけではありませんし、DNAだけで才能や性格が決まるものでもありませ

ん。ですから、それを盲目的に信じて、子供の将来を決めてしまうのは、とても危険なことなのです。

3

（1）女：京都では、京子さんに会えたの？

男：それが、会えずじまいだったんだ。

（2）女：どう、私の作った料理の味。

男：いつも自慢しているだけのことはあるね。

〈実践練習〉

問題1

（1）女の人が部長と話しています。女の人は何をしましたか。

女：部長、今度のプロジェクトですが、私に担当させていただけませんか。

男：君に任せてもいいんだが、大事なプロジェクトだし、責任は重い

よ。

女：はい、承知の上です。全力を尽くします。

男：わかった。じゃ、思いきりやってくれ。

女：はい、ありがとうございます。

（問）女の人は何をしましたか。

（2）男の人が田中さんについて話しています。田中さんは今どこにいますか。

男：田中氏はサラリーマン出身の政治家です。政界に入ったのは、勤めていた会社が倒産した後です。つまり、失業を契機に政界に入ったわけです。彼は弱者の視点に立って、政治の古い体制を批判したことから、徐々に国民の支持を得て、わが国において、なくてはならない存在になりました。しかし、今回、違法献金を受け取った疑いで逮捕され、取り調べを受けています。田中氏は新しいタイプ

の政治家だっただけに、残念でなりません。

（問）田中さんはいまどこにいますか。

（3）男の人が、3R運動についてスピーチしています。

男：地球温暖化や酸性雨など、いわゆる地球環境問題というのは、産業革命以来の大量生産・大量消費の産業社会が生みだしたものですが、便利さと豊かさを追い求め続けてきた人類の欲望の産物とも言えるわけです。したがって、今日私たちがこの大切な地球を守るためには、人類が自分の欲望をコントロールできるかどうかということ、つまり現代人のライフスタイルを変えられるかどうかが問われているのです。

もちろん生産側の企業の責任も重大です。しかし、それ以上に大切なのは、消費者である市民の一人

一人が、無駄な電気は使わない、ゴミはできるだけ出さない、使える物は再利用するといった小さな努力をすることなのです。そのとき、リユース、リデュース、リサイクルという3R運動は、指針となるはずです。

（問）この男の人は、地球環境を守るために何が一番大切だと言っていますか。

1. 大量生産・大量消費型社会を、リサイクル型社会に変えること。

2. 市民の一人一人が、地球環境問題について、もっと関心を持つこと。

3. 市民の一人一人が、自らライフスタイルを変える努力をすること。

4. 企業がまず率先して、環境を守るための取り組みをすること。

（4）ご近所の会話です。話を聞いて、それに対する正しい答えを選んでください。

女：お隣の旦那さん、過労死でお亡くなりになったんですって。

男：（…………）。

（答）

1. それはお気の毒に。
2. それは大変でしたね。
3. それは困りましたね。

（5）話を聞いて、それに対する正しい答えを選んでください。

男：孫さん。キム君が戻り次第、すぐ僕の携帯に電話するよう、言ってくれる？

女：（…………）。

（答）

1. いいよ。伝えちゃう。
2. それじゃ、伝えなきゃ。
3. わかった。伝えとく。

問題2

（1）男の人が銀行で、女性の行員と話しています。男の人は、このあと何を用意しますか。

男：あのう、口座を開きたいんですけど…。

女：この番号札をお取りください。それから、この用紙に記入してお待ちください。今日は何か身分を証明するものをお持ちですか。免許証や保険証など。

男：いいえ、あのう、パスポートではだめですか。

女：それで結構です。3番の窓口からお呼びしますので、お待ちください。

（問）男の人は、このあと何を用意しますか。

（2）男の人と女の人が話しています。男の人の時計は、何時何分を指していましたか。

男：ごめん。5分遅刻しちゃった。

女：何を言ってんのよ。15分遅れよ。

男：えっ？そんな時間？

女：今、もう1時45分じゃない。

男：じゃ、僕の時計は10分近くも遅れているってこと？あっ、日付が昨日になってる。なんだ、止まってたんだ。

（問）男の人の時計は、何時何分を指していましたか。

問題3

（1）男の人と女の人が話しています。採用試験はどの順番でしますか。

女：採用試験はどの順番でしましょうか。

男：一般には、書類選考、筆記試験、面接という段階があるけど、まずは書類選考で候補者を絞った方がいいだろう。

女：ええ、それには異存はありませんが、大学の成績がいい者が、必ずしも会社での業績がいいとは限りません。ですから、やる気とか協調性とか、先に人物をみるべきかと思います。

男：確かに。知識や一般教養は会社に入ってからでも間に合うからね。

（問）採用試験はどの順番でしますか。

（2）女の人が賃金制度のあり方について話しています。新薬の開発

に従事する社員に適しているのは、どの評価を重視した賃金制度ですか。

女：従来の日本企業では、勤続年数に伴う貢献度を重視した年功序列型賃金制度が一般的でした。この図で言えば、左半分に属することになります。しかし、業績や成果は評価されなかったわけではなく、職務給としてプラスされていたわけです。

しかし、この10年来、アメリカ式の成果給が導入され、年功や年齢にかかわらず、その年の業績によって給料を決める企業が増えてきました。この方式は、業績や成果が数字に現れる職種ではいいのですが、研究や教育などの成果が現れるまでに長い時間がかかる仕事の評価には向いていません。そのような職種では、成果給を採用しながらも、単年度の業績がどうかよりも、これまでの実績や研究

論文など、習得能力を考慮して、将来に成果が期待できる社員には多く賃金を支払うことになります。

（問）新薬の開発に従事する社員に適しているのは、どの評価を重視した賃金制度ですか。

（3）女の人が海外の空港での注意事項を話しています。女の人が言い忘れたことはどれですか。

女：最近はテロ対策もあって、海外の空港におけるチェックが厳しくなっています。無用なトラブルを避けるためにも、私がこれから話す注意事項を、よく聞いてください。

機内に持ち込む手荷物には、ナイフなどの刃物は一切持ち込めません。ただし、爪切りは大丈夫のようです。また、ジュースなどの飲みものも禁止です。

預け入れ荷物に関してですが、開

けて調べられることもあります。

液体性の爆発物と疑われるので、トランクにもペットボトルに入った飲み物類を入れないでください。また、フィルム類もX線検査で使えなくなる恐れがありますから、入れないでください。わかりましたね。

なお、空港の係員の指示には素直に従うように。以上です。

（問）女の人が言い忘れたことはどれですか。

Unit 4　マラリアワクチン

〈基本練習〉

　私たちの身の回りにある薬、今では日々の生活に欠かせなくなりました。頭痛や腹痛になると、家の薬箱を持ち出しますが、迷信に頼っていた昔の人にとって、この箱は、きっと「魔法の箱」に見えることでしょう。

　「新しい薬」が開発されると、これまでの医療が一新することがあります。不治の病だった結核が、今や薬を飲めば治るようになりました。

　最近、抗インフルエンザ薬であるタミフルが石油原料から作れるようになりました。それまでタミフルは植物を原料に作っていましたが、これでは生産量が天候などの影響を受けるため、必要なときに「タミフルが足りない」ことになりかねません。継続的に産出する石油を原料にすることで、タミフルの安定供給へ道が開かれたわけです。

　このように医学は日進月歩で、今は

まだ不治の病とされている癌にも、特効薬が発明されるかもしれません。しかし、どのような「新しい薬」が開発されても、その恩恵に浴することができない人々がこの地球上にはたくさんいます。

　みなさんは、マラリアという感染症を知っていますか。熱帯地方の病気で、世界三大感染症の一つです。毎年3億〜5億人の人が感染し、発展途上国では、多くの子どもがこの病気で命を落としています。ですから、一刻も早いワクチンの開発が望まれているのですが、残念なことに、製薬企業はマラリアワクチンを開発することに乗り気ではありません。それは、発展途上国の人々は経済的に貧しく、作っても薬が買えないからです。「儲からないなら作らない」という企業の論理が、最も薬が必要なところに、薬が届かないという悪循環を生み出しています。

　その結果、例えば、アフリカのマラリア流行地域において、生まれてきた

子どもの３人に一人がマラリアで死亡しています。これらは本来なら、救えるはずの命なのです。

3

（1）女：次回の集まりは、いつに決まった。

男：まだ、決まっていない。

女：じゃ、決まり次第、連絡して。

（2）男：田中君とテニスの試合をすることになったんだ。

女：あの田中君と？勝てっこないよ。

〈実践練習〉

問題1

（1）**女の人が話しています。女の人が一番言いたいことは何ですか。**

女：もし宇宙人が太陽系にやってきて、私たちの住む地球を見たらどう言うでしょうか。おそらく「青く輝く美しい星」と賛嘆することでしょう。

海が地表の70％を覆っていて、陸地にもたくさんの川が流れています。そして、地球のあちこちが雲に覆われ、雨が降っています。地球はまさに水に覆われた星なのです。その水こそが太陽の光を反射して、青く輝いているのです。

（問）女の人が一番言いたいことは何ですか。

（2）女の人が話しています。吉田選手は何位でしたか。

女：午前９時、選手が一斉にスタートしました。30キロあたりまでは、先頭グループの20人が一団となっていましたが、ここで吉田選手が飛び出しました。離されまいと、大川選手が後に続きます。激しい先頭争いが繰り返されています。

しかし、吉田選手、疲れたのでし

ょうか、徐々に大川選手との距離が開いていきます。吉田選手、ついていけません。そしてゴール直前に、更に一人に追い抜かれてしまいました。

（問）吉田選手は何位でしたか。

（3）息子とお母さんが話しています。どうして息子は怒っているのですか。

男：何だよ、急に入ってきて。僕の部屋に入るときはノックをしてよ。

女：なに言ってんの、親子じゃないの。

男：それが嫌なんだよ。「親しき仲にも礼儀あり」って言うだろ！

女：いつも私に部屋の掃除をさせておいて、よく言うよ。誰のおかげで、部屋がきれいになっていると思うの？

男：わかったよ。これからは俺がする。だから、勝手に入らないでくれ。

（問）どうして息子は怒っているのですか。

1. お母さんが礼儀にうるさすぎるからです。
2. お母さんが勝手に自分の部屋に入るからです。
3. お母さんに頼んでも、掃除をしてくれないからです。
4. 自分で部屋の掃除をしなければならなくなったからです。

（4）会社での会話です。話を聞いて、それに対する正しい答えを選んでください。

女：最近、この会社も仕事はきつくなる一方、給料は下がる一方ですね。

男：（…………）。

（答）

1. うん、なんとかなるだろう。
2. うん、それほどでもないよ。
3. うん、たまったもんじゃないよ。

（5）お店で、男のお客が店員と話しています。店員はどう答えましたか。

男：あのう、このＴシャツ、白と青だけですか。黒がほしいんですが。

女：はい、少々お待ちください。ちょっと見てまいります。（しばらくして）……お客様、申し訳ございません。あいにく……。

（答）

1. お持ちいたしました。
2. 切らしておりまして。
3. どういたしましょう。

問題2

（1）教授と女子学生が話しています。女子学生はどの棚に資料を返しますか。

女：教授、資料ありがとうございました。

男：なんだったっけ？

女：「ASEAN諸国の経済事情」です。

男：あ、それね。

女：東アジア共同体構想の展望と課題がよくわかりました。

男：それはよかった。

女：あのう、どこにお返ししましょうか。

男：そこの本棚に戻しておいて。段ごとに分類してあるから。

女：じゃ、ここでいいですか。

男：うん、そうそう。

（問）女子学生はどの棚に資料を返しますか。

（2）男の人と女の人が話しています。学生寮はどこですか。

男：すみません、ここは正門ですか。

女：いいえ、東門です。

男：あのう、学生寮にはどう行ったらいいでしょうか。

女：一号館ですね。この道をまっすぐ行くと、十字路になっています。そこを左に曲がると、道がカーブになっていますから、そのまままっすぐ進んでください。右手にある、一番奥の建物です。すぐわかりますよ。

（問）学生寮はどこですか。

1. Aの建物です。
2. Cの建物です。
3. Gの建物です。
4. Fの建物です。

問題3

（1）お母さんが子供と話しています。この子供のテストの点はどれですか。

女：この前のテストの成績、どうだった？

男：うん、これ。

女：国語、この読解問題さえできてれば、満点だったのに、残念だったわねぇ。社会もまあまあね。でも、どの教科も80％以上でなけりゃね。ほかには？数学があるでしょ。

男：うん。

女：どれどれ？えっ！何よ、これ。間違いだらけじゃないの。

（問）この子供のテストの点はどれですか。

（2）男の人と女の人が話しています。女の人は、いつ大学に行きますか。

男：はい、教務課です。

女：あのう、私、新入生の木村と申します。4月の授業はいつから始まるのでしょうか。

男：学部はどちらですか。

女：政治学部です。

男：政治学部ですね。でしたら、オリエンテーションが四日、健康診断が六日にありますから、必ず来てください。

女：六日は都合が悪いんですが、健康診断をほかの日にはできませんか。

男：でしたら、その前日でもいいですよ。

女：はい、わかりました。どうもありがとうございました。

（問）女の人は、いつ大学に行きますか。

（3）学生課の男の人が、新入生ガイダンスで学生番号について説明しています。この女の人の学生番号はどれですか。

男：学生証のここに番号がついていますね。これが学生番号です。最初の二桁が入学年度で、例えば、平成19年度は2007年ですから、07となっています。それ以外は、下の表を見てください。文学部の英文学科であれば、1、1と続きます。そして最後の三桁が個人の番号になります。なお、留学生は500番台の数字となっています。

（問）この女の人の学生番号はどれですか。

Unit 5　食品表示

〈基本練習〉

　この前、雪印食品という会社が、外国産の牛肉なのに、国産だと嘘のラベルを貼って売っていた事件があった。さらに、「全農チキンフーズ」は、たくさんのスーパーやお店に鶏肉を売っていたのだが、タイや中国産の鶏肉を鹿児島県で育てたと嘘をついた。しかも、餌に薬をまぜていたのに、「薬はやっていない」といって売っていた。「もも肉」の場合、薬を使わない肉の方が一キロあたり40円ほど高く売れる。しかし、鶏肉も見ただけでは産地や、薬を使ったかどうかはわからない。

　消費者はラベルに書いてあることが本当だと信じるしかない。そのラベルが嘘だとすれば、消費者は何を信じて食べればいいのか、不信感は高まるばかりだ。ラベルに嘘の表示をすることは、「JAS（ジャス）法」によって禁止されている。「JAS法」は食べ物の品質や表示の基準に関する法律で、2000年に改正されて、原産地の表示が義務づけられた。肉や魚などの生鮮品には、どこでとれたか原産地を必ず書かなければならない。嘘をついたら罰金が科せられる。

　ところが、法律で決まっているのに、一向に嘘の表示がなくならない。行政と業者の長年の癒着があるために、国や県などがきちんと取り締まってこなかったと指摘する人もいる。

　いま各地で、肉のラベルの表示が本当か、調べている。だが、全国のお店に並んだすべての牛や豚、鶏肉のラベルを調べるのは無理がある。そこで、嘘をついたらすぐわかるように、バーコードなどで全部調べることができる仕組みを作ろうという意見がある。

　だが、それはすぐには実現が難しいし、みんながこの問題を忘れてしまえば、元の木阿弥なんていうことになりかねない。

まずは、自分たちが毎日食べる物だからこそ、目を光らせ、関心を持ち続けることが大切だろう。

3

（1）女：うちの学校の野球部、今年こそ甲子園に出場してもらいたいね。

男：あんないい加減な練習で、甲子園に行けるものか。

（2）男：俺、佐藤。元気だった？今、京都駅にいる。これから東京に帰るところ。

女：なによ。京都に来ていたのなら、教えてくれればよかったのに。

〈実践練習〉

問題1

（1）女の人が健康器具の宣伝をしています。この器具の使い方はどれですか。

女：私たちは毎日の大半を立った状態で過ごしています。これが首や腰に負担をかけ、病気の原因となることも多いのです。この器具を使って、このように倒立すると、血が逆流して、頭の血の巡りがよくなり、内臓の動きも活発になります。一日一回の使用で、血液の循環が良くなりますから、疲れが速く取れて楽になりますよ。一度、やってごらんになりませんか。

（問）この器具はどのように使いますか。

（2）男の人と女の人が駅のアナウンスを聞いて話しています。ふたりは何番線から電車に乗りますか。

アナウンス：いつも当駅をご利用くださいましてありがとうございます。ホームのご案内をいたします。大月行き、8時50分発は1番線から、9時以降は3番線からの発車になります。お間違えのな

いようにご乗車ください。立川行きは2番線から、五日市行きは4番線からです。

女：ねえねえ、聞いた？大月行きは1番線ですってよ。

男：え？ちょっと待って。今何時かなぁ？

女：9時ちょうど。

男：じゃ、もう50分のには乗れないじゃないか。

女：そうか。

（問）ふたりは何番線から電車に乗りますか。

（3）男の人と女の人が会議の様子について話しています。

男：さっきの会議、社長が大きな声を出して怒ったから、びっくりしたよ。

女：まあね。

男：それに比べると、田中専務は落ち着いてたね。

女：見かけはね。内心は多分反対よ。

カッカ来てたわよ。

男：僕にはわかんなかったけどなぁ。

女：社長は、一応怒ったふりをしていたのよ。そういうところ、社長は上手だから。

（問）会話の内容と合っているのはどれですか。

1. 社長はとても怒っています。

2. 田中専務はとても怒っています。

3. 社長も田中専務もとても怒っています。

4. 社長も田中専務も怒っていません。

（4）話を聞いて、それに対する正しい答えを選んでください。

女：一郎くん、しばらく会わないうちに、ずいぶん大きくなったわね。

男：（…………）。

（答）

1. そりゃそうだよ、おばさん。あれから5年も経ったんだから。

2. そりゃそうだよ、おばさん。それ

から5年も経ったんだから。

3. そりゃそうだよ、おばさん。これから5年も経ったんだから。

（5）ホテルで、男の人が受付の女性と話しています。受付の女性は、どう言いましたか。

男：すみませんが、ロビーでお弁当を食べてもいいですか。

女：誠に申し訳ございませんが、ロビーでのご飲食は、……。

（問）受付の女性は、どう言いましたか。

1. ご自由にどうぞ。

2. ご遠慮ください。

3. ええ、けっこうです。

問題2

（1）男の人と女の人が話しています。二人が見ている写真はどれですか。

女：立派なお宅ですね。それ、部長のお宅ですか。

男：うん、今年の夏に撮った写真なんだ。

女：2本の木が2階に届きそうですね。

男：うん、あと10年もしたら、2階の屋根まで届くかもしれないな。

女：日当たりが悪くないですか。

男：夏は葉が茂るから、家の中が涼しくていいんだよ。逆に冬は葉がすっかり落ちて、日当たりがよくなり、暖かいんだ。天然のエアコンというところかな。

（問）二人が見ている写真はどれですか。

（2）男の人と女の人が話しています。二人が建てる家はどの家で

すか。

男：庭に囲まれた家が、僕の夢なんだ。

女：でも、それだと、スペースがなくなって家が小さくなり過ぎない？

男：じゃ、道に面したほうに大きく庭を取ろうよ。表門から玄関まで、庭を通っていくのっていいよ。

女：庭は表じゃなくて裏の方がいいわ。人目を気にしないで、家族でのんびりできるから。

男：ええ〜。じゃ、表と裏に小さな庭を取るっていうのはどう？

女：そんなの中途半端よ。

男：わかった。わかった。君の言うとおりにするよ。

（問）二人が建てる家はどの家ですか。

問題3

（1）男の人が話しています。「集まり」「群れ」「集団」の関係を正しく表しているのはどれですか。

男：動物の集団には、大きく分けて二つのものがあります。一つが死骸に集まってくるハイエナやハゲタカ、光に集まってくる蛾や虫などの集団で、餌や光にそれぞれの個体が反応してできた一時的な集団です。これを「集まり」と呼んでいます。それに対して、それぞれの個体が一つの共同体として結ばれ、行動しているものを「群れ」と呼んでいます。

（問）「集まり」「群れ」「集団」の関係を正しく表しているのはどれですか。

（2）女の人が話しています。日本はどれですか。

女：日本は酒飲みの天国として、世界

でも有名です。夜の繁華街は酔っぱらいがあふれていますし、夜の電車の中には酔っぱらって、座席の上に大の字になって寝ているサラリーマンの姿もよく見ます。ところで、日本人の飲酒量は国際的に見てどうなのでしょうか。結論から言えば、それほどの飲酒量ではないのです。45か国中では中位以下なのです。上位にはヨーロッパ諸国が並んでいます。そのフランスやドイツよりは4ポイントも低く、日常的にお酒を飲んでいる人の数は成人男女の三分の一程度です。

（問）日本はどれですか。

（3）男の人と女の人が話しています。以前も今も変わらない日本の主婦の消費傾向と考えられるのはどれですか。

男：最近の主婦の消費動向に大きな変化が見られるようですね。

女：ええ、無駄なものは買わない、できるだけ安いものを買うということでしょう。

男：不況の影響ですかね。

女：もちろんそうでしょう。ただ、いくら安くても、品質の悪いものは買わないし、安全性に不安があるものは買わないという点は変わっていませんね。

男：「地産地消」の傾向は強まっているのでしょうか。

女：まだ、それほどではありませんね。むしろ、メタボにならないように欧米型の食生活を変えようという傾向がみられますね。

（問）以前も今も変わらない日本の主婦の消費傾向と考えられるのはどれですか。

Unit 6　キャンパスライフ

〈基本練習〉

　入学式の終わった4月のはじめには、新入生の歓迎と、在校生が新たな気持ちで新学期を迎えるためのオリエンテーションの行事があります。

　このオリエンテーションでは新入生ができるだけ早く新しい学校生活に慣れるよう、生活、学習、クラブ活動、図書館利用、教育相談室利用、専門学科のガイダンス、授業科目の履修登録の方法から、将来の進学・就職まで、広範囲の案内を入学当日から3、4日かけて行われます。

　このオリエンテーションが終わると、いよいよ大学生活ですが、高校と大学では大きな違いがあります。第一に、高校では時間割はあらかじめ決められていますが、大学では必修科目以外は、自分が勉強したい科目を自由に選択できます。また、大学の場合90分授業なので、慣れるまでは少し疲れるかもしれません。

　大学によって多少差はあるかもしれませんが、サークルは本当にいろんな種類やタイプがあります。大学は高校と違って人間関係が希薄なので、私も入学したばかりのころは寂しくて、とてもつらい思いをしました。大学では、授業に出ているだけでは友だちは作れませんから、何かのサークルやクラブ活動に参加することを勧めます。ただ、新興宗教には気をつけましょうね。

　大学の定期試験は、あるテーマについて論述する形が多いです。高校と違って習ったことを暗記しているだけではダメです。テスト対象期間の授業をもとに、自分なりに考えをまとめ、それを文章で表現する練習が大切になります。

　さて、大学生活というのは、「自分探しの期間」だと私は思っています。受験とか仕事とかいった義務に縛られず、自分の将来や、自分がほんとうにしたいことについて、じっくり考える

ことが許される「4年間の解放区」とも言えます。ですから、この4年間、たくさんの自分に挑戦してください。

3

（1）女：これ、お礼の気持ちです。どうぞ、お納めください。

　　男：ありがとうございます。でも、お気持ちだけ、いただいておきます。

（2）男：息子の就職の件、なんとかお力添えいただけないでしょうか。

　　女：できる限りのことはしてみますが、お約束はいたしかねます。

〈実践練習〉

問題1

（1）**男の人が女の人と話しています。女の人が手渡すのはどれですか。**

　　男：悪いけど、ちょっとそれ、取って

くれない？

女：え？

男：床を汚しちゃって…

女：えっと…

男：そこ、そこに絞って干してあるの。

（問）女の人が手渡すのはどれですか。

（2）女の人がある森の現状について話しています。この森が危機に直面しているのはどうしてですか。

女：この森は豊かな水源に恵まれ、さまざまな野生の動物が住んでいました。ところが50年程前から、外貨を稼ぐために、人々はこの森の木を輸出し始めました。長期的な計画もなく、植林もしないまま、むやみに伐採しました。その結果、今日のような水の不足と野生動物の激減を招きました。この森は危機に直面しています。今、

対策を怠れば、数年のうちに森は死んでしまうでしょう。

（問）この森が危機に直面しているのはどうしてですか。

（3）女の人が「現代と労働」について話しています。

女：現代ほど、「労働」が見失われている時代はありません。働く中で人に教えられたり教えたり、あるいは人と人が力を合わせて働くことを通じて、働くことの意義も感じられる、そんなことから私たちは無縁な時代にいます。「労働の喜び」といった表現が古めかしく感じられるほど、現代では「労働」が私たちの生活から遠ざかっているのです。

（問）この人は、現代がどのような時代だと言っていますか。

1. 働きたくても職がなく、失業が増えている時代です。
2. 「働く」ことの意義が実感できない時代です。
3. 人と人が力を合わせて働くことをしなくなった時代です。
4. 「労働」と「生活」を分けて考える時代です。

（4）教室での会話です。話を聞いて、それに対する正しい答えを選んでください。

女：顔色が悪いよ。どこか具合が悪いんじゃない？

男：（………）。

（答）

1. うん、テストの成績が悪くてね。
2. うん、ちょっと寒気がするんだ。
3. うん、さっき先生に叱られてね。

（5）男子生徒と女の先生が話しています。先生はどう言いましたか。

男：頭痛がひどいので、今日は早退させていただけませんか。

女：ええ、いいですよ。

男：じゃ、先生、失礼します。

女：（…………）。

（問）先生は最後にどう言いましたか。

1. ええ、お元気で。

2. ええ、お大事に。

3. ええ、お疲れさま。

問題2

（1）男の人と女の人が話しています。女の人が好きな絵はどれですか。

女：この稲光が走っている富士は、すごいわね。

男：うん、雄壮で、今にも大きな雷の音が聞こえそうだ。

女：この絵はどう？雲一つない青空の青と、雪をかぶった富士のコントラストがすてきだと思わない？

男：僕はどちらかというと、この山のいただきにかかる雲がふわふわ浮いているのがいいな。仙人が隠れ住んでいるみたいに神秘的だ。

女：ほんとね。でも、私はやっぱり、この澄み切った空にくっきりと浮き上がった富士が好き。

（問）女の人が好きな絵はどれですか。

（2）男の人が天気図を見ながら話しています。東京地方のお天気は

どれですか。

男：この夏、梅雨明けが遅れ、各地で記録的な豪雨に見舞われています。さて、東京地方のお天気ですが、27日現在、本州付近に前線が停滞しているため、週末は雲の広がりやすい天気となり、降水確率も70％と高く、お出かけには傘が手ばなせないでしょう。

しかし、西から高気圧が張り出しており、日曜日には一旦青空が広がるでしょう。ただ、このお天気も長く続かず、前線の影響で週明けからは再び曇り空が広がり、週の初めは雨の降りやすいお天気になるでしょう。

（問）東京地方のお天気はどれですか。

（3）女の人が話しています。今日の天気はどうなりますか。

女：おはようございます。朝の天気予報です。本日はあいにく朝から雨模様ですが、雨もお昼過ぎには上がり、夕方には晴れるでしょう。夜には星空も広がるでしょう。しかし、明日の明け方ごろからは、また天気が崩れそうです。

（問）今日の天気はどうなりますか。

問題3

（1）男の人が話しています。見せているのはどのグラフですか。

男：このグラフはある自動車メーカーの販売台数を表したものです。60年代後半からの高度成長期において、急速に販売台数を増やしました。1973年のオイルショック以降、販売台数の伸びは鈍っていますが、1990年のバブル経済崩壊までは、順調に業績を伸ばしてきました。しかし、バブル経済崩壊後は急激な業績不振に陥り、販売台数は60年代後半の水準にまで落ち込んでいます。その後、徐々に回復の兆しを見せていますが、最盛期にはとても及ばない状態です。

（問）見せているのはどのグラフですか。

（2）男の人が音楽の聞き方について話しています。いらいらしているとき、どんな曲をどんな順番で聞いたらいいと言っていますか。

男：いらいらして心の緊張が高まったとき、音楽を使って心を静めることができます。そのためには、まずテンポが速くて力強い曲を聴きます。溜まってしまったエネルギーを放出させるために、曲に合わせて体を動かしたりするのもいいでしょう。

仕上げには、落ち着いた曲を楽な姿勢で聞いてリラックスするといいのですが、それに先だって、楽しいことをイメージしながら、さわやかな感じの曲を聞くと効果的です。

このようにすると、すがすがしい気持ちになりますよ。やってみてください。

（問）いらいらしているとき、どんな曲をどんな順番で聞いたらいいと言っていますか。

Unit 7　チョコレートの話

〈基本練習〉

　チョコレートの起源は紀元前2千年、古代メキシコのショコラトルという苦い飲み物にまでさかのぼります。

　当時は、「神の食べ物」として価値が高く、薬用や儀式で使われたと言われています。当時のショコラトルの作り方ですが、まずカカオ豆を煎って、はじけたら皮をむき、すりばちで20分ほどすりつぶします。すると、徐々に油が出て、ペースト状になります。そこにバニラエッセンスやシナモン、唐辛子を加えてさらに練ります。味は苦いココア、臭いはチョコレートです。このペースト状のカカオをお湯に溶かして、干したトウモロコシが入った温かいミルクを加えると完成です。まさにチョコレートの語源「苦い水」の名のとおり、薬のような苦い味です。

　16世紀、薬としてメキシコからヨーロッパに伝わった古代の飲むチョコレートは、砂糖を入れるとおいしいので大流行し、19世紀には現在のかじるチョコレートが誕生しました。チョコレートが口の中で溶けるのは、カカオバターの溶ける温度が体温より数度低いからです。もし、もう1、2度でも高かったとしたら、口の中で溶けにくく、しつこい味になりますし、逆に低いと、室温でべたべた溶けてしまったことでしょう。

　このように、古代は薬であったチョコレートですが、最近になって効能や味わいの科学的裏づけが明らかになってきました。カカオ豆には脂肪や食物繊維、ミネラル、ポリフェノールが豊富に含まれています。ポリフェノールは苦み・渋みの成分ですが、様々な病気、がん、動脈硬化、胃潰瘍などの原因にもなる、活性酸素の働きを防ぐ作用があるとされているのです。カカオ豆のように自然界には効能のある植物なども多く、その秘密を科学的に研究するのは面白いですね。みなさんの

身近にも面白い研究対象があるかもしれません。

3

（1）女：何を見ているの？

男：今日、この宝くじを買ったんだけど、当たってくれないかなぁと思って。

（2）女：この李君の論文、ちょっとできすぎてると思わない？

男：うん、確かに。どうせ本人が書いたものではあるまい。

〈実践練習〉

問題1

（1）課長が部下の女の人と話しています。課長は昨日、何をしましたか。

女：課長、昨日はごちそうさまでした。

男：ああ、また機会があったら、みんなで行きたいね。

女：はい、ありがとうございます。

（問）課長は昨日、何をしましたか。

（2）男の人と女の人が話しています。女の人はどうすればよかったのですか。

〈発車のベルに続いて、扉の閉まる音〉

女：あの、すみません。これは朝日が丘駅に止まりますか。

男：え、これは急行ですから止まりませんよ。各駅に乗らないと。

女：あっ、そうですか。

男：でも、もう出ちゃったから、この次で降りて、隣のホームから逆方向の各駅電車に乗ってください。

女：そうですか。どうも。

（問）女の人はどうすればよかったのですか。

（3）男の人が大学生の就職に関する調査について話しています。

男：大学生が就職活動をするときに、

何を基準にして就職先を探していると思いますか。今年の調査では、技術力、将来性などが従来どおり重視されているのですが、今年の新しい傾向としては、給料の多い少ないよりも人の役に立つ仕事を希望する学生が増えてきたことです。このため技術力と能力主義で一番の人気だったハイテク企業Ａ社が、福祉関連のＢ社に抜かれる結果となりました。

（問）就職先探しにおいて、今年の大学生に現れた新しい傾向はどれですか。

1. 技術力を重視する傾向です。
2. 将来性を重視する傾向です。
3. 社会への貢献度を重視する傾向です。
4. 能力主義を重視する傾向です。

（4）会社での会話です。話を聞いて、それに対する正しい答えを選んでください。

男：じゃ、この会議の資料づくりだけど、お昼までに頼んだよ。大丈夫かい？

女：（…………）。

（答）

1. はい、そうしましょう。
2. はい、任せておいてください。
3. はい、ちょっと無理です。

（5）男の人と女の人が話しています。男の人は、どう言いましたか。

女：今夜、いっしょに上野公園に花見に行かない？

男：せっかくだけど、……。

（問）

1. 他に約束があるんだ。
2. どうしようかなぁ。
3. もちろん行くよ。

問題2

（1）男の人と女の人が話しています。女の人はどの寿司を作りますか。

女：劉君、寿司が好きって言ってたから、今晩、お寿司にしようと思うんだけど、巻き寿司がいい？散らし寿司がいい？それとも握り寿司？

男：あのう、それって？

女：巻き寿司は、具と御飯を海苔で巻いたものでしょ。散らし寿司はお椀に盛った御飯の上に具を載せたもの。握り寿司は、親指ほどの御飯のうえに具をのせて握ったもの。

男：へー、寿司にも色々あるんですね。僕がいつも食べているのは握り寿司ですが、今日は違うお寿司を食べてみたいです。

女：じゃ、巻き寿司は？

男：海苔は苦手ですから、ちょっと…

女：分かったわ。

（問）女の人はどの寿司を作りますか。

（2）男の人と女の人が話しています。男の人の指はどうなりましたか。

男：あ！ガチャン（ガラスが割れる音）

女：大丈夫？

男：うん、ちょっと指を…

女：あ、血が出てる！

男：大丈夫だよ。

女：でも、血を止めなきゃ。

男：いいよ。舐めてれば治るから。

女：バンドエイドは持ってないけど、このハンカチが包帯になるわ。

男：いいったら。

女：手を貸しなさい。ほら。

男：もう、大げさだなあ。

（問）男の人の指はどうなりましたか。

問題3

（1）女の人が話しています。「人目が気になるか」という質問に対する回答のグラフはどれですか。

女：スピーチに対しての日本人の苦手意識は大変強く、大勢の人の前に立つとうまく話せない人がかなりいます。その原因を心理学者が聞き取り調査したところ、以下のような結果が出ました。約4割の人は子供のころに学校などで失敗して笑われた経験を持っており、人前で話をして誉められた経験のある人は1割もいませんでした。人の目が気になるかどうかという質問では、大変気になる人が約半分を占め、気になるを含めると9割を超えました。また、高等教育でスピーチの練習をしたことのある人は、わずか2割弱でした。

（問）「人目が気になるか」という質問に対する回答のグラフはどれですか。

（2）女の人が日本の電話の台数の変化についてグラフを見せながら説明しています。どのグラフを見せていますか。

女：我が国の家庭用電話の台数は95年まで少しずつ増えていましたが、96年から減少に転じました。それは95年ごろから、携帯電話の台数が増えてきたためだと考えられます。99年には携帯電話の台数が95年の約5倍になり、2000年には、家庭用電話と携帯電話の台数がほぼ同数となりました。

（問）どのグラフを見せていますか。

（3）工場長が話しています。今、この工場のリサイクルの取り組みはどの段階にありますか。

男：わが社では単に廃棄物の量を減らすだけでなく、出た廃棄物を再利

用することで、廃棄物を実質ゼロにすることを目指しています。廃棄物を再利用するには、今後の技術開発を待たなければなりませんが、今は技術開発を進めながら、排出物の量を減らす取り組みを行っている段階です。

（問）この工場のリサイクルの取り組みはどの段階にありますか。

Unit 8　商業捕鯨をめぐって

〈基本練習〉

国際捕鯨委員会というのは、クジラが絶滅しないように管理する国際的な機関で、日本も50年くらい前に加わりました。これに参加する国々は、20年前に商業捕鯨、つまり、売るためのクジラ漁を禁止しました。

クジラは肉のほか、質のいい油がとれるので、昔から貴重な漁業資源とされてきました。それにもかかわらず、クジラを捕ってはいけないと決めたのは、ひどい乱獲によって、種類によっては、一頭もいなくなるのではないかと心配されるくらい減ってしまったからです。

この捕鯨の禁止に反対したのは、国際捕鯨委員会加盟国では、日本とノルウェーだけでした。ほかには、委員会に加盟していないアイスランド、インドネシア、カナダなども反対しましたが、少数の国々でした。

いま、調査捕鯨といって、クジラの数や生態を調べるという理由で、日本が少し捕っています。そのほか、昔からの食文化としてクジラを食べる民族が世界のあちこちにいて、こうした人たちの漁については認められています。

国際捕鯨委員会の会合で、日本はどの種類のクジラが、いま、何頭くらいいるかという調査に基づいて、絶滅の心配がないクジラについては、捕獲を認めてほしいと主張しています。

しかし、クジラの数のデータが正しいかどうかの判断が難しい上に、日本のように昔からクジラを食べる習慣があった国と、そうでない国の食文化の「みぞ」は大きく、クジラのように知能の高い動物を食べるなんて残酷だという人たちもいます。それなら、牛や豚やカンガルーなどの肉を食べるのは残酷でないのかということになるのですが、この種の議論は、韓国の人が犬の肉を食べることについて、外国の人がとやかく非難するのとどこか似てい

ます。

3

（1）男：良子さん、最近、学校を休
　　　　みがちだけど、どうしたん
　　　　だろう？

　　　女：そうね。私も心配だから、
　　　　良子さんに事情を聞いてみ
　　　　るわ。

（2）男：あっ、危ない！あの自転
　　　　車、いきなり横道から飛び
　　　　出すものだから、車とぶつ
　　　　かりそうになったよ。

　　　女：あなたも車の運転には気を
　　　　つけてね。

〈実践練習〉

問題1

（1）男の人と女の人が話していま
　　す。男の人はテレビをどうする
　　ことにしましたか。

女：あれ、そのテレビ捨てるの？

男：うん、もう使わないから。

女：だめだめ。テレビはゴミとして捨
　　てちゃいけないんだよ。リサイク
　　ルすることが法律で決められたの
　　よ。

男：へえ、そうだったの。じゃ、どう
　　すればいいの？

女：普通はそれを買ったお店で引き取
　　ってもらうんだけど。それ、どこ
　　で買ったの？

男：わからない。これ友達にもらった
　　ものだから。

女：じゃ、市役所に連絡して相談する
　　ことね。え〜と、テレビのリサ
　　イクル料は確か2700円だったか
　　ら、それプラス運搬料金ね。

男：え？それって、ゴミを出す人が払
　　うの？

女：まあ、テレビに限らず、リサイク
　　ルにはコストがかかるわけだか
　　ら、その一部を消費者が負担する
　　っていう考え方ね。あ、もしまだ
　　使えるものなら、だれかにあげた
　　らどう。それならお金もかからな

いし、もらった人も喜ぶし、一石二鳥じゃない。

男：それが、もう壊れちゃってるんだ。

女：じゃ、仕方ないわね。

（問）男の人ははテレビをどうすることにしましたか。

（2）お母さんが男の子と話しています。どうしましたか。

女：あら、たけし、靴があべこべですよ。

男：あ、ほんとうだ。

（問）どうしましたか。

（3）男の人が、体内時計と体温の関係についてについて説明しています。

男：通常、体温は昼の間は高く、夜、寝ている間は、2、3度低くなります。これは、昼間は体を動かし、活動しているのに対して、夜は体を動かさず眠っているからだ

と考えがちです。しかし、一日中寝ていても、体温は昼は高く、夜は低くなるのです。これは、明るさ暗さを感じ取る人体の中の体内時計に関係があると言われています。

ところが、現代のように夜型生活の人が増えると、体内時計もしだいに狂い始めるため、体調を崩したり、不眠症になったりするのです。

（問）男の人の話の内容と合っているのはどれですか。

1. 一日中ベッドで休んでいたら、体温の昼と夜の変化は起こらない。

2. 体温が昼と夜で違うのは、人の活動量や消費エネルギーと関係がある。

3. 体温が昼と夜で違うのは、人が体内時計を持っているからだ。

4. 人間が体内時計を持っているのは、人間もまた動物だからだ。

（4）お隣のご夫婦が一週間ほどグアム旅行に出かけようとしています。「留守の間お願いします」と挨拶に来たお隣のご夫婦を、どのように言って見送りますか。

（答）

1. いつまでもお元気で。

2. どうぞお気をつけて。

3. どうぞお幸せに。

（5）友達同士の会話です。話を聞いて、それに対する正しい答えを選んでください。

男：Ｙ大学を受験しようかするまいか迷っているんだ。合格は難しいと思うけど、どうしようかなぁ。

女：だめで元々じゃない。……。

（答）

1. やってみたらどう？

2. やるしかないわよ。

3. やりかねないわよ。

問題2

（1）男の人と女の人が話しています。男の人の台所は、どうなっていますか。

女：使いやすい台所には、大切なポイントがあるんですよ。

男：というと？

女：料理の材料が入っている冷蔵庫と、野菜や食器を洗う流しと、煮たり焼いたりするガスレンジ。この3点を結ぶ三角形が小さいほどいいんです。直線に並べるのは、移動のロスが大きいのです。

男：なるほど。

女：伊藤さんの台所は流しとガスレンジが近くていいけれど、冷蔵庫が離れ過ぎています。これじゃ材料を取り出すたびに、遠くて不便です。

（問）男の人の台所は、どうなっていますか。

（2）女の人が電話で歌舞伎のチケットを予約しています。予約したのはどの席ですか。

女：すみません。今度の月曜日の公演の座席、予約したいんですけど。はい、A席を2枚、並んだ席で。ええ、前のほうがいいんですけど。それから、端のほうは見えにくいので、なるべく中央寄りで。

男：申しわけございません。前の席はもういっぱいなんです。端の席で良ければ、お取りできますが。

女：端はちょっと。じゃ、後ろでもかまいません。それって、隣同士ですよね。

男：はい。

女：じゃ、その席をお願いします。

（問）予約したのはどの席ですか。

問題3

（1）女の人がアンケートの結果を報告しています。「出世したい」と答えたのはどのグラフですか。

女：10代の男女3000人を対象にアンケートを行いました。自分がどんな人生を送りたいと思うかという質問では、トップに「好きな仕事につく」69％が挙がり、これに「幸せな家庭を築く」の62％が続いています。以下、「金もちになる」32％、「人のためになることをする」30％の順です。これに対して、「出世する」「有名になる」は2割を切っています。

（問）「出世したい」と答えたのはどのグラフですか。

（2）男の人と女の人が話しています。女の子のお祝いの行事はどれですか。

男：日本には、一年を通じていろいろ

な行事があるんですね。

女：ええ、ひな祭り、端午の節句、七夕、お盆、七五三…、それから各地で行われるいろいろなお祭りがあります。

男：ひな祭り、端午の節句、七五三というのは、どんな行事ですか。

女：子どもの成長を願って行うものです。ひな祭りは三月三日で女の子のお祭り、端午の節句は五月五日で男の子の祭りです。七五三は子供が３歳、５歳、７歳になったことを祝うものですが、男の子と女の子で祝う歳が違います。男女ともにお祝いするのは３歳の時で、５歳は男の子、７歳は女の子を祝います。

男：なるほど。

（問）女の子のお祝いの行事はどれですか。

1. ＡとＣとＤです。

2. ＡとＣとＥです。

3. ＢとＣとＤです。

4. ＢとＣとＥです。

（３）男の先生が運動技術を高める方法について話しています。先生は、どのポイントについて話していますか。

男：スポーツは、ただやみくもに練習するだけで上達するものではありません。とりわけ、学校教育における体育学習で大切なのは、いい成績を収めることだけを目的とするのではなく、「できるようになりたい」という「学びがい」をみつけることです。そして、子供自身が自らと向き合い、学ぶ喜びを見いだすことができてはじめて、運動技能を高めていくことも可能になると言えるでしょう。

（問）先生は、どのポイントについて話していますか。

Unit 9　不登校

〈基本練習〉

風邪をひいたり、けがをしたりして学校を休んでも不登校とは言わない。不登校というのは、学校に行くのが嫌になってしまって通わなくなった子が、一年に30日以上欠席するケースを言う。

文部科学省が毎年行っている「学校基本調査」によると、2002年度は2001年度より7511人減少したという。それでも13万1211人が不登校だ。小学校では280人に一人ぐらい、中学校では37人に一人いる計算だ。

不登校の数が減ったことはいいことだが、まだ手放しで喜べる状態ではない。まず、数が正確かどうか不明だ。例えば、学校に行っても保健室で過ごし、教室で授業は受けていない子がいたとき、出席にするか欠席にするかは先生の判断なので、数え方にばらつきがあるかもしれない。それに減ったといっても、来年以降も減り続けるとい

う保証はない。

不登校といっても、その原因は一人一人違う。いじめを受けたとか、友だちとの仲がうまくいかないとか、両親とけんかをしてしまったとか、勉強について行けないとか、先生への不満がきっかけとか、原因は様々だ。このように不登校の子の事情が一人一人違うのに、先生やお父さん、お母さんらが「学校は行かなければならないところだ」と、無理やりその子を学校に通わせようとしたら、ますます学校に通えなくなるだろう。

不登校の子が学校に通えるようになってほしいと思うのなら、一人ひとりの悩みを聞いてあげることから始めなければいけないのではないだろうか。

スクールカウンセラーが学校に置かれるなど、学校側の努力の一方で、地域では父母の力で「フリースクール」とか、「フリースペース」とか呼ばれる不登校の子らの居場所づくりも進められてきた。子どもの「学びの場」や

「心の居場所」は学校だけではないのである。

3

（1）女：この子ったら、ちっとも勉強しないものだから、こんな成績を取って。

男：少しぐらい成績が悪いからって、そんなに叱るほどのことじゃないよ。

（2）男：当社の保険への加入、いかがでしょうか。

女：ええ、主人と相談の上で、決めさせていただきます。

〈実践練習〉

問題1

（1）**男の人と女の人が話しています。男の人の時計は、何分遅れていますか。**

男：9時半には5分ほど早いけど、みんな集まったようだし、会議を始めようか。

女：えっ？あなたの時計、遅れているんじゃない？今、9時35分よ。

男：えっ？もう35分？ということは、僕の時計は…

（問）男の人の時計は何分遅れていますか。

（2）**男の人がお医者さんと話しています。男の人は何をもらって帰りますか。**

女：レントゲンの結果ですが、骨は折れていないようです。

男：そうですか。よかった。

女：しばらく痛みと腫れがあると思いますが、一週間くらいでおさまるはずです。包帯を外さないで安静にしていてください。念のため、痛み止めを2錠出しておきますので、痛みがひどいときに飲んでください。

男：はい。あの…クラブを休まなきゃならないので、診断書を書いていただけますか。

女：わかりました。じゃ、書いておきますから、10分ほどしたら取りにきてください。

（問）男の人は何をもらって帰りますか。

（3）男の人がペットと人間の関係について話しています。

男：人とペットの共同生活には長い歴史があります。人の歴史において、ペットは目の不自由な人を助けたり、体に障害がある人を助けたりと、多くの働きをしてきました。

今までも、ペットと一緒に生活することで、気持ちが休まるとか、ストレスが軽くなるとか、血圧が下がるとか、精神の安定や健康の回復にも効果が大きいことは知られていました。そこで、最近ではペットセラピーといわれる、動物との交流を通して病気を治す方法が、医療現場で試みられるように

なりました。

（問）この男の人はペットの新しい役割はどんなことだと言っていますか。

1. 目の不自由な人を助けることです。

2. 心をリラックスさせることです。

3. 病気の人を元気にすることです。

4. さびしさや悲しみを癒すことです。

（4）会社での会話です。話を聞いて、それに対する正しい答えを選んでください。

男：今度の社員の親睦旅行、行けそうもないんだ。楽しみにしてたんだけど。

女：（…………）。

（答）

1. それは残念ですね。

2. それはよかったですね。

3. それは困りましたね。

（5）男の人と女の人が話しています。女の人はどう答えましたか。

男：ダイエットのためにエアロビクスを始めたって、メールで言ってたけど、効果はどう？

女：それが、運動の後でお腹が空くものだから。

男：まさか。

女：ええ、かえって……。

（答）

1. やせすぎちゃったの。
2. 体を壊しちゃったの。
3. 太っちゃったの。

問題2

（1）女の先生と学生が話しています。学生がテストに書いた漢字はどれですか。

男：先生、ちょっと今よろしいですか。

女：ええ。

男：この漢字テストなんですが、この答えはどうしてバツなんですか。

女：どれですか？

男：この字です。

女：ああ、どちらも間違っていますね。「げんしょう」の「しょう」は「小さい」じゃなくて、「少ない」ですよ。それと、「げん」のほうは、点がひとつ足りません。

男：あ、そうですか。分かりました。ありがとうございます。

（問）学生がテストに書いた漢字はどれですか。

（2）男の人と女の人が話しています。二人がこれから訪ねる家は

どれですか。

女：え～と、このあたりだったと思うんだけど…。池を右に見てしばらくまっすぐ行って…。

男：何か目印になるものは？

女：確か、格子戸のある家の3軒くらい先…

男：あ、ここ？

女：うん、門まで低い植木が並んでいて。でも、おかしいな。確か木は四角く刈ってあって、玄関の奥に大きな木があったはずなんだけど。

男：それは変わってるかもしれないよ。

女：そうねぇ。ああ、思い出した。向こうに山が見えたから、ここよ。間違いない。

（問）二人がこれから訪ねる家はどれですか。

問題3

（1）男の人と女の人が話しています。申込用紙にはどのように書くのが正しいですか。

女：では、お名前をこちらに、カタカナでお願いします。左側に詰めて、名字と下のお名前の間は1字空けてください。

男：はい。……じゃ、これで。

女：あ、あの、この点々は1マス使っていただきたいんですが。

男：ああ、すみません。

女：いいえ。申し訳ございませんが、こちらの用紙にもう一度ご記入をお願いします。

（問）申込用紙にはどのように書くのが正しいですか。

（2）男の人がラジオでプレゼントの応募方法を説明しています。葉書はどうなりますか。

男：指揮者伊沢のヨーロッパでの音楽活動を記念して、伊沢Tシャツを

プレゼントします。応募方法はプレゼント対象CDに付いている応募券を合計6点以上集めてはがきに貼り、ご住所、お名前、お電話番号と性別、ご希望のサイズを明記して、番組宛てにお送りください。抽選で100名の方に当たります。さらに、先着20名様に伊沢のサイン入りハンカチを差し上げます。

なお、当選者の発表は発送をもって代えさせていただきます。

（問）葉書はどうなりますか。

（3）女の人が相手との壁を乗り越える方法について話しています。

女：物理的な距離は、心理的な距離に比例すると言われます。人は自分の周りに4層のゾーンをもっています。それを、対人距離と言います。この対人距離を利用して、その人との壁を乗り越えることも可能です。Aさんともっと仲良くな

りたいと思ったら、雑談中に、思い切って親密ゾーンに進入します。もちろん相手は、距離をとろうとするかもしれません。

しかし、いい方法があるのです。それはまず、相手に笑顔を見せることです。笑顔は、相手を肯定していることのサインで、相手の自己是認欲求を満たしてあげるテクニックです。次は、雑談の中で、さりげなく相手に触れるということで、そうすれば自然に相手の親密ゾーンに入ることができるのです。ですから、その人との壁を乗り越えようと思ったら、この二つを組み合わせるといいでしょう。

（質問1）女の人が勧める最も有効な方法は、どれですか。

（質問2）職場で同僚と会話するときの対人距離は、どのゾーンに属しますか。

Unit10　ゆとり教育の見直し

〈基本練習〉

　最近、新聞各紙で、「ゆとり教育の見直し」という見出しのニュースが増えています。そのきっかけになったのは、2006年12月に公表された「PISA（ピサ）」と呼ばれる国際学力調査の結果、日本の子どもたちの学力が下がり始めていることがはっきりしたことです。

　「PISA」は、理科や算数、国語の授業で学んだ力を普段の生活の中に生かせるかどうかをみるテストです。理科や算数の成績は決して悪くはなかったのですが、昔は日本はこれらの教科はずっと世界のトップでした。さらに、文章などを読んで理解する力は、調査に参加した国々の中で真ん中ぐらいで、教育を担当する文部科学省も成績が下がったことを認めざるをえませんでした。

　今の「ゆとり教育」に基づいた授業は、2002年度から始まりました。受験中心の詰め込み教育の反省に立って、今までの教科の枠にとらわれない「総合的な学習の時間」と、土、日をお休みにする「完全学校週五日制」がとり入れられました。このゆとり教育が目指したのは、子供たちが何が大切かを自分で考えて、自分で学び取っていく力をつけることでした。

　もちろん、そこでも、教科の基本的な内容をしっかり身につけることが大切だったはずです。しかし、それがうまくいっていなかったと感じている人たちも多いのです。少なくとも、授業の時間を減らしすぎたのではないかという意見が強まっています。

　また、現場の先生たちからも、総合学習ということで行われている「体験活動」などの校外での見学が多すぎるという反省や、国語などの基本教科をもっと重視すべきだという意見や、土曜日に学校がなくなって授業時間が不足しているといった意見が出ており、これらの意見を踏まえて、「ゆとり教

育」のすべてを見直すことが決まりました。しかし、かつての受験教育には戻ってほしくないものですね。

3

（1）男：あのラーメン店、いつも行列ができているね。

　　女：味もよければ、値段も安いからよ。

（2）男：どうも風邪を引いたようだ。寒気がする。

　　女：そんなときは、温かいものを食べて、ゆっくり休むに限るわよ。

〈実践練習〉

問題1

（1）女の人がインターネットカフェの利用条件について説明しています。利用者がしてもいいことはどれですか。

女：当カフェをご利用の皆様にインターネットを無料でお楽しみいただけるサービスを始めました。ご利

用の条件ですが、まずメンバーとしてご登録いただき、必ず飲み物か食べ物をご注文いただきますようお願いいたします。

なお、パソコンは設置された場所でご利用ください。ご利用時間は1時間以内といたします。なお、メール機能のご使用はご遠慮ください。

（問）利用者がしてもいいことはどれですか。

（2）高校生が進路相談室の人と話しています。学生はどうすることにしましたか。

男：あの、進学したいんですけど、学費が払えそうになくて…。特に入学時のまとまったお金が…。

女：そうですか。

男：で、それでも通える大学はあるでしょうか。

女：そうですね。成績は優秀のようですから、日本学生支援機構の奨学金を申し込んでみたらどうです

か。

男：はあ。

女：全国から優秀な学生が応募しますから、選考の倍率は高いですが、試してみる価値はあると思いますよ。

男：はい。でも、もし駄目だったら…。

女：他にも方法はあって、初年度の費用を分割払いするとか、あと学費が安い国公立の大学を選ぶという方法もあります。でも、今は失敗することは考えずに、申し込んでみたらどうですか。

男：そうですね。そうします。

（問）学生はどうすることにしましたか。

（3）男の人が、女の人にEQ能力について説明しています。

男：最近EQ能力が注目されているね。

女：EQ能力って？

男：日本では、「心の知能指数」とか

対人関係能力とも言われているんだけど、一番重視されているのは、自分と相手の感情の状態を把握し、それを上手に調整しながら、人間関係を築く能力と言われているね。

女：集団を指導する能力のこと？

男：少し違うね。今、企業が重視しているEQ能力というのは、リーダーとしての指導力というより、他者に適切に働きかけて、共同作業を進めるためのチームをつくる能力なんだ。

女：なるほど。

（問）EQ能力の説明として、正しいのはどれですか。

1. 知能指数、つまり記憶力や分析力のこと。

2. 自己の意見を主張し、相手を説得する能力のこと。

3. 人間関係を築いて、共同作業チームをつくる能力のこと。

4. 集団を統率するリーダーとしての指導力のこと。

（4）ビジネスの場での会話です。電話で相手の声が小さくてよく聞き取れないとき、どう言いますか。

（答）

1. すみませんが、声が小さくて聞こえないんですが。

2. すみません。少しお電話が遠いようなんですが。

3. すみません。もっと大きい声でお願いします。

（5）先生と女子学生が話しています。女の人は先生にどう言いましたか。

男：東京大学、合格おめでとう。

女：ありがとうございます。私が合格できたのも、……。

（答）

1. すべて先生のおかげです。

2. すべて先生のせいです。

3. すべて先生のためです。

問題2

（1）女の人が独り言を言っています。女の人はどの順番にしますか。

女：子どもたちが帰ってくるまでに、食事の支度をしとかなくちゃ。今日はカレーライスにしよ。肉とジャガイモはあって、あれ、ニンジンがない。買ってこなくちゃ。その前に銀行でお金をおろしてと。あっ、そうだ。八百屋に行く途中に郵便局があるから、この懸賞葉書を出しとこ。

（問）女の人はどの順番にしますか。

（2）アルバイトの女の人が電話で注文を受けています。何を配達しますか。

女：はい、宅配ピザです。毎度ありがとうございます。……では、ご住所からお願いします。……はい。お電話番号は？……はい。では、ご注文をどうぞ。……21センチ

をおひとつとコーラをおふたつで
すね。……合計金額は消費税込み
で2050円になります。では、30
分以内にお届けしますので。あり
がとうございます。

（問）何を配達しますか。

問題3

（1）男の人が電話で問い合わせて、メモを取りました。正しく書けているのはどれですか。

男：もしもし、あの、ビザの更新のことでお伺いしたいんですが…

女：はい、どうぞ。

男：更新の手続きに必要な書類を教えていただきたいんですが…

女：ビザの種類は何ですか。

男：留学生ビザです。

女：では、旅券と申請書を、入国管理局へ出してください。有効期限の切れる前日までに、行ってください。

男：あの、在学証明、支払い証明は？

女：それも、提出してください。翌日に交付されます。

男：わかりました。どうもありがとうございました。

（問）正しく書けているのはどれですか。

（2）男の人と女の人が話しています。お花見は何日にしますか。

男：今年の花見は何日にしようか。

女：そうね。31日までは今年度の決算で忙しいから、4月に入ってからでないと…

男：ええと、今年の東京の開花予報は25日だから、あまりゆっくりしていると散ってしまうよ。

女：土日は避けましょう。込むから…

男：そうだね。決算が終わって、すっきりしたところでね。

（問）お花見は何日にしますか。

（3）男の人が女の人に履歴書の書き方について相談しています。男の人が直さなくてもいい項目はどれですか。

男：あのう、履歴書を書いたんですが、これでいいか、見ていただけますか。

女：どれ。…（間）…写真は、正面に向いたのじゃないと…。

男：はあ、そうですか。

女：まず、学歴を書いて、それから職歴をもっと詳しく書いたほうがいいですね。大阪支社に出張していたこともあったでしょ。

男：はい。

女：資格・特技・賞罰のところだけど、何かないのかな。たとえば自動車の運転免許とか。

男：いえ、免許はありません。

女：ああ、確か、あなたは日本語作文コンクールに優勝したことがあったわね。それ書いたらどうかな？

男：そんなことでもいいんですか。

女：もちろんですよ。志望動機はうまく書けてるし、あとはいいと思いますよ。

（問）男の人が直さなくてもいい項目はどれですか。

N２（二級）
解 題 方 法

I　はじめに

　新しい「日本語能力試験」ガイドブックには、N2聴解問題について、以下のように記載されています。小問数が少ないことを除けば、基本的な違いはありません。

N2聴解

大問	小問数	ねらい
1◇課題理解	5	まとまりのあるテキストを聞いて、内容が理解できるかどうかを問う（具体的な課題解決に必要な情報を聞き取り、次に何をするのが適当か理解できるかを問う）
2◇ポイント理解	6	まとまりのあるテキストを聞いて、内容が理解できるかどうかを問う（事前に示されている聞くべきことをふまえ、ポイントを絞って聞くことができるかを問う）
3◇概要理解	5	まとまりのあるテキストを聞いて、内容が理解できるかどうかを問う（テキスト全体から話者の意図や主張などが理解できるかを問う）
4◆即時応答	12	質問などの短い発話を聞いて、適切な応答が選択できるかを問う
5◇統合理解	4	長めのテキストを聞いて、複数の情報を比較・統合しながら、内容が理解できるかを問う

現行試験の問題形式と比較して、次のような印がついています。

◆ 現行試験では出題されていなかった新しい問題形式のもの

◇ 現行試験の問題形式を引き継いでいるが、形式に部分的な変
　　更があるもの

○ 現行試験でも出題されていたもの

　また、「『小問数』は毎回の試験で出題される目安で、実際の試験では出題
数は多少異なる場合があります。また小問数は変更される場合があります」と
記載されています。

　では、問題形式別に、その内容と問題を解く練習をしましょう。

II　課題理解（問題１）

1　「課題理解」問題とは

　「課題理解」（問題１）に関しては、以前の日本語能力試験の「絵のある問題」「絵のない問題」と大きな違いはないと言えます。

　ただし、以前の日本語能力試験では、「課題理解」（＝行動の選択：何を○○するか、このあとどうするか、どのような順番でするかetc）と「ポイント理解」（＝理由や目的、日時や場所etcの内容を問う）は分かれていませんでしたが、新しい日本語能力試験では、「課題理解」は問題１、「ポイント理解」は問題２と分かれています。

　「課題理解」では、最初に質問があり、次に本文テープ（話）が流され、最後に再度質問が繰り返されます。選択肢は予め問題に書いてあるので、以前の日本語能力試験よりもやりやすいと思われます。

　なお、公開問題では小問の二つとも男女の会話形式の問題ですが、会話形式ではないアナウンスやスピーチなどのような短いテキストを聞き取る問題も出されることでしょう。どちらにしても、課題解決に必要な情報を聞き取り、次に「何を○○しなければならないか」「どうしなければならないか」「どのような順番でするか」などの行動を選択する問題です。

2　聞き取りのポイント

★ 絵や表などのある問題は、本文テープが流れる前に、絵や表をよく見て、その状況や場面などを予想しておくことが成功の鍵です。

★ 絵や表などがない問題も、選択肢が問題用紙に書かれていますから、本文テープが流れる前に一通り目を通しておきましょう。

★ あとで答えを記入する時間がないので、直接、解答用紙に記入しましょう。

★ 問題と問題の間は約10秒くらい時間がありますが、答えのマークを出来る
だけ速く終えて、次の問題の絵・表や選択肢を見るようにしましょう。

〈絵のある問題〉

テープが流れる前に	四枚の絵・図・グラフなどを見比べ、異同をチェックしておく。四つが無理なら、二つでもいい。
状況の説明と質問	正確に質問内容をつかむ。「してはいけない」ことを選ぶなど、「何を○○するか、このあとどうするか、どのような順番でするか」ではない質問もあり得る。
本文	話を聞きながら、不適当な（または適当な）絵に印をつける。
質問	質問を再確認 正解をマークする 次の4枚の絵に目を通す

〈絵のない問題〉

テープが流れる前に	四つの選択肢に目を通し、異同をチェックしておく。四つが無理なら、二つでもいい。
状況の説明と質問	正確に質問内容をつかむ。「してはいけない」ことを選ぶなど、「何を○○するか、このあとどうするか、どのような順番でするか」ではない質問もあり得る。
本文	話を聞きながら、不適当な選択肢に印をつける。
質問	質問を再確認 正解をマークする 次の選択肢に目を通す

3　「課題理解」（問題1）の公開問題

（新しい「日本語能力試験」ガイドブック）

問題1では、まず質問を聞いてください。それから話を聞いて、問題用紙の1から4の中から、正しい答えを一つ選んでください。

1番 （MP3 11-1）

1　先生にメールで聞く

2　友達にメールで聞く

3　研究室の前のけいじを見る

4　りょうの前のけいじを見る

〈言葉と表現〉

確認する：確認 ^{かくにん}

確かめる：確認 ^{たし}

掲示：告示、佈告 ^{けいじ}

〈聞き取りのポイント〉

1番　答：3

　質問は「どのように宿題を確認するか」なので、そこに注目して聞く。「私の研究室の前の掲示を見て、宿題を確認してください。」と男の先生が述べているので、答えは明らか。

スクリプト

（M：男性　F：女性、子ども）

1番

　授業で、男の先生が、話しています。学生は、授業を休んだとき、どのように宿題を確認しますか。

M：え〜と、この授業を休むときは、必ず前の日までに連絡してください。

F：メールでもいいですか。

M：はい、いいですよ。それから休んだときは、私の研究室の前の掲示を見て、宿題を確認してください。友だちに聞いたりしないで、自分で確かめてちゃんとやってきてくださいね。

F：はい。

M：それから、今日休んだ人、リンさんですね。リンさんは、このこと知りませんから、誰か伝えておいてくれますか。

F：あ、私、伝えておきます。同じ寮ですから。

M：じゃ、お願いします。

　学生は、授業を休んだとき、どのように宿題を確認しますか。

2番

ア 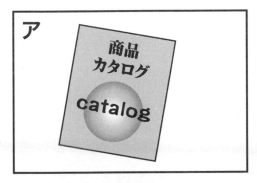	**イ** 
ウ 	**エ** 

1　ア　イ　ウ

2　イ　ウ　エ

3　ア　イ

4　ウ　エ

〈言葉と表現〉

商品カタログ：商品型録

名刺：名片

会社案内：公司介紹

多め：多〜

〈聞き取りのポイント〉

2番　答：2

絵や図形のある問題は、テープが流れる前にざっと絵や図形を目を通しておくといい。時間がなければ、アがカタログ、イが会社案内と、二つだけでも目を通す。質問の内容は、箱の中に何を入れるかなので、その点に注目して聞く。すると、女の人の指示は、まず、「会社案内」、次に「お茶」、そして最後に「名刺」とわかる。

スクリプト

（M：男性　F：女性、子ども）

2番

会社で男の人が女の人の出張の準備を手伝っています。男の人は箱に何を入れますか。

M：出張の準備、大変そうだね。手伝おっか。

F：助かる〜。まだ、終わんなくて〜。それ、その箱に入れておいてくんない？向こうに送るから。

M：え、どれ？この商品カタログのこと？

F：ううん、それは飛行機の中で見ときたいから、別にしといて。で、その横に会社案内あるじゃない？それと、そこにあるおみやげのお茶をお願い。

M：は〜い。

F：あ、それから、そうそう。この名刺、ちょっと多めに持っていきたいから、これもね。

M：はいはい。

男の人は箱に何を入れますか。

Ⅲ　ポイント理解（問題２）

1　「ポイント理解」問題とは

　「ポイント理解」（問題２）に関しては、以前の日本語能力試験の「絵のある問題」「絵のない問題」と大きな違いはないと言えます。また、最初に質問があり、次に本文テープ（話）が流され、最後に再度質問が繰り返される点も、「課題理解」と同様です。ただし、「ポイント理解」は問題２で出題されます。

　さて、「ポイント理解」は、「どうして……か」のように理由や目的を尋ねたり、また、「……はなんですか」「……はどれですか」etcの、〈いつ、どこ、だれ、なに、なぜ、どうやって、いくら、どれ〉（いわゆる「５Ｗ２Ｈ」）の択一問題が中心です。「ポイント理解」問題は、一般に「情報取り」という聞き方になりますから、事前に選択肢に目を通しておき、質問内容に的を絞って内容を聞き取る練習をしておくといいでしょう。

　なお、公開問題（Ｎ２）では小問の二つとも絵や表、グラフなどの問題は含まれていないのですが、今後、表やグラフの問題も出題されることになるでしょう。実際、Ｎ５では「ポイント理解」で「絵」の問題が出題されています。

　今後について、特に注意したいのは、表とグラフの問題でしょう。

2　聞き取りのポイント

★ 絵や表、グラフなどのある問題は、本文テープが流れる前に、絵や表、グラフをよく見ておいて、異同をチェックしておきましょう。

★ 絵や表などがない問題も、選択肢が問題用紙に書かれていますから、質問内容に的を絞った聴き取りをすることが成功の鍵です。無関係な箇所は、聞き流してかまいません。

★ 本文は、男女の会話形式の問題の他に、天気予報やアナウンス、スピーチや
講義形式などの問題が含まれます。

★ あとで答えを記入する時間がないので、直接、解答用紙に記入しましょう。

〈絵のある問題〉

テープが流れる前に	四枚の図表やグラフなどを見比べ、異同をチェックしておく。四つが無理なら、二つでもいい。
状況の説明と質問	正確に質問内容をつかむ。図表やグラフが出題されたときは、「……はなんですか」「……はだれですか」「……はどれですか」といった選択問題が多くなる。
本文	話を聞きながら、不適当な図表やグラフに印をつける。
質問	質問を再確認 正解をマークする 次の四枚の図表・グラフに目を通す

〈絵のない問題〉

テープが流れる前に	四つの選択肢に目を通し、違いを掴んでおく。
状況の説明と質問	正確に質問内容をつかむ。「どうして……か」「……する目的な何か」といった理由や目的を問う問題が多くなる。
本文	話を聞きながら、不適当な選択肢に印をつける。
質問	質問を再確認 正解をマークする 次の選択肢に目を通す

3 「ポイント理解」（問題2）の公開問題

（新しい「日本語能力試験」ガイドブック）

問題2では、まず質問を聞いてください。そのあと、問題用紙の選択肢を読んでください。読む時間があります。それから話を聞いて、問題用紙の1から4の中から、正しい答えを一つ選んでください。

1番 (MP3 11-3)

1 友達とけんかしたから

2 かみがたが気に入らないから

3 試験があるから

4 頭が痛いから

〈言葉と表現〉

ため息：嘆氣
けんかをする：吵架
仲直りする：和好

前髪：前髪、瀏海
鏡を見る：照鏡子
さっさと：趕緊～

〈聞き取りのポイント〉

1番　答：2

　「どうして……か」と理由を問う問題。このような問題では、間違いに印を付けて消していく消去法がベスト。1の「けんか」ではない。2は可能性があるので保留。3の「試験」は、「ちゃんと勉強した」のだから、間違い。そして、4についても、「鏡を見るだけでも、頭が痛くなりそう」は頭が実際に痛いわけではない。

スクリプト

F1：女性（母親）　　　F2：女性（子ども）

1番

　　母親と高校生の女の子が話しています。女の子はどうして学校へ行きたくないのですか。

F1：どうしたの？朝からため息ばっかり…。わかった、また誰かとけんかでもしたんでしょ。

F2：いやだ、お母さん、どうして知ってるの？でも、それはもういいの。きのうの夜、電話で仲直りしたんだもん。それより、見てよ、この前髪。

F1：まあ…また、思い切って短くしたわね。

F2：自分でやったら切りすぎちゃって…。こんなんじゃ、みんなに笑われちゃうよ。ねぇ、今日学校休んじゃだめ？

F1：何言ってるの。だめに決まってるでしょ。そんなこと言って、本当は今日の試験、受けたくないんでしょ。

F2：違うよ、もう。ちゃんと勉強したんだから。そんなことより…、あ〜あ、鏡見るだけで頭痛くなりそう…。

F1：もう気にしないの。さっさと準備しなさい。

F2：は〜い。

　　女の子はどうして学校へ行きたくないのですか。

2番 (MP3 11-4)

1　出張があるから

2　結婚式があるから

3　研究が忙しいから

4　しゅっぱん記念パーティがあるから

〈言葉と表現〉

断る<small>ことわ</small>：拒絶　　　　　　　　　実は<small>じつ</small>：其實～

〈聞き取りのポイント〉

2番　答：2

　この問題は量は多いが、語彙もN3（初級）レベル。先生がパーティーに行けない理由が問題だが、先生自身が「実は、その日は昔の学生の結婚式なんだよ」と述べている。

スクリプト

（M：男性　F：女性、子ども）

2番

大学で女の学生と男の先生が話しています。先生はどうして来週のパーティーに行けないと言っていますか。

F：先生、来週の土曜日のパーティーなんですが、ご出席いただけますか。

M：ああ、うん、それがねえ。いやぁ、出席したいと思っていたんだけどね。どうしても断れない用事があってね…。

F：あ、そうでしたね。来週はご出張で、授業、休みになるんでしたね。

M：あ、いや、出張の方はね、金曜日には帰ってくるんだけど…。実は、その日は昔の学生の結婚式なんだよ。

F：ああ、そうなんですか。

M：彼、なかなかいい研究をしててね、つい最近もいっしょに本を出版したばかりなんだ。そういうこともあってね。

F：そうなんですか。じゃあ、ちょっと残念ですけど。

M：うん、悪いね。

先生はどうして来週のパーティーに行けないと言っていますか。

IV　概要理解（問題３）

1　「概要理解」問題とは

　「概要理解」（問題３）に関しては従来からあった問題なのですが、形式が大きく異なっているので、基本的には新しい問題と言えます。というのも、「概要理解」では、最初に状況と誰が話すかだけがテープで流れ、質問がないからです。まず簡単な状況説明があり、次に本文テープ（話）が流され、最後に質問と選択肢がテープで流れます。つまり、的を絞って内容を聞くと言うことができません。

　さて、「概要理解」は本文を聞いてからでないと、どのような質問がされるかわからないので、その分、難しくなっています。また、選択肢も「課題理解」や「ポイント理解」のように、問題部に記載されていないので、より難しくなるでしょう。

　ただし、質問されるのは、「……は何について説明していますか」「……はどう考えていますか」「……が一番言いたいのはどのようなことですか」といった話者の意図や主張などの本文の要旨なので、細部に拘らず、全体の内容を押さえるようにすればいいでしょう。「概要理解」問題は、一般に「要旨取り」といわれる聞き方になります。

問題形式の比較

〈従来の聴解問題の形式〉	〈「概要理解」問題の形式〉
1　状況説明と質問文が流れる	1　状況説明が流れる
↓	↓
2　まとまりのある話（会話・説明etc.）が流れる	2　まとまりのある話（会話・説明etc.）が流れる
↓	↓
3　質問文がもう一度流れる	3　質問文が流れる
↓	↓
4　選択肢が問題部に記載されているあるいは絵や図表などがある	4　選択肢が流れる。選択肢、絵や図表は記載されていない

2 聞き取りのポイント

★ 「概要理解」で大切なのは全体として何を述べているか、つまり要旨の把握なので、わからない語があっても慌てずに、

　　1 何について話しているか（＝テーマは？要旨は？）

　　2 筆者は、そのことについてどう考えているか。（＝主張・意図は？）

この二点に絞って聞くといいでしょう。話の中には文章を理解する上で重要な部分とそうでない部分が存在します。重要でない部分を読み飛ばし、重要な部分のみを注意して聞く練習が必要です。

★ 新しい日本語能力試験の聴解では、実際のコミュニケーション能力が重視されるので、特にN1レベルの聴解には生の視聴覚教材が一番有効です。一番いい方法はインターネットの活用でしょう。現代はインターネットで音声と画面付きのニュース報道も聞けますし、ドラマも見られますから、活用しましょう。

★ 聴解力は、結局、語彙量に比例するので、普段から、色々な種類の文章を多読して、語彙と知識・社会常識を増やしておくことを薦めます。

★ あとで答えを記入する時間がないので、直接、解答用紙に記入しましょう。

3 「概要理解」（問題3）の公開問題

（新しい「日本語能力試験」ガイドブック）

問題3では、問題用紙に何も印刷されていません。まず話を聞いてください。それから、質問と選択肢を聞いて、1から4の中から、正しい答えを一つ選んでください。

1番

1　　　2　　　3　　　4

〈メモ〉

1　テーマは？

2　要旨は？

〈言葉と表現〉

アナウンサー：播音員

通信販売：郵購
（つうしんはんばい）

～た・ところ：在～的時候

なくてはならない：不可欠缺的

〈聞き取りのポイント〉

1番　答：4

　「何について話しているか」、話の要旨を掴む問題。この問題に関しては、「話の中に含まれていないことは、選択から外す」という聴解・読解の原則にたつことが必要。話を聞いていれば、4だとわかるのだが、1の「利用者数」、2の「買える品物の種類」、3の「利用方法」については、はじめから話の内容に含まれていない。

スクリプト

（M：男性　F：女性、子ども）

1番

　テレビでアナウンサーが通信販売に関する調査の結果を話しています。

F：皆さん、通信販売を利用されたことがありますか。買い物をするときは店に行って、自分の目で確かめてからしか買わないと言っていた人も、最近この方法を利用するようになってきたそうです。10代から80代までの人の調査をしたところ、「忙しくて買いに行く時間がない」「お茶を飲みながらゆっくりと買い物ができる」「子どもを育てながら、働いているので、毎日の生活になくてはならない」など多くの意見が出されました。これからもますます利用者が増えていきそうです。

通信販売の何についての調査ですか。
1　利用者数
2　買える品物の種類
3　利用方法
4　利用する理由

2番 MP3 11-6

1   2   3   4

〈メモ〉

1   テーマは？

2   主張・意図は？

〈言葉と表現〉

電池：電池

使い捨て：用後即丟；抛棄式

充電する：充電

繰り返し：反覆

充電式：充電式

〜あたり：平均；毎〜

わずか：僅僅〜

リサイクル：資源回收

経済面：經濟方面

環境面：環境方面

メリット：長處、優點

一石二鳥：一舉兩得

〈聞き取りのポイント〉

2番　答：3

　まず、話題の中心は「使い捨て電池」についてなのか「充電式電池」についてなのか。

　次に、「長所」についてなのか、「短所」についてなのか。そうすれば、自ずと解答は3となる。

スクリプト

（M：男性　F：女性、子ども）

2番

ある電気店で店員が話しています。

M：この電池は、これまでの使い捨ての電池と違い、充電して何回も繰り返し使うことができます。でも充電式は高いとお考えですか。そんなことはありません。実は、この電池は1000回繰り返し使えるので、1回あたりで考えると、わずか1円程度です。しかも、充電の際にかかる電気代は、1回たった0.2円です。また、この電池はリサイクルできるため、ゴミの量も減らせます。つまり、経済面から考えても環境面から見てもメリットがある、一石二鳥の電池というわけです。

何について説明していますか。
1　使い捨て電池の長所
2　使い捨て電池の短所
3　充電式電池の長所
4　充電式電池の短所

V　即時応答（問題４）

1　「即時応答」問題とは

　新しい日本語能力試験では「即時応答」という形式が加わります。質問などの短い発話を聞いて、どう答えるのが適切（自然）かを問う問題です。

　「即時応答」問題は、すべて音声で流れます。問題用紙には絵も文字も一切書かれていません。「概要理解」の問題は事前に状況説明があるだけで質問文はありませんでしたが、この「即時応答」は状況説明すらありません。問題番号の後で、いきなり発話がスタートします。そして、続いて三つの選択肢が流されます。

　いつまでも前の問題の答えを考えていると、どんどん次の問題が流れますから、置いていかれます。まさに「即時」の応答が試される問題です。また、この形式の問題は出題数が多め（N1の場合：37問中14問）になっています。ただし、点数の配分は不明ですし、問題数も発表の数値と異なる可能性があるでしょう。

問題形式の比較

〈従来の聴解問題の形式〉	〈「即時応答」問題の形式〉
1 状況説明と質問文が流れる	1 短い発話（ほとんど一文）
↓	↓
2 まとまりのある話（会話・説明etc.）が流れる	2 三つの選択肢が流れる
↓	↓
3 質問文がもう一度流れる	（解答する）
↓	
4 選択肢が問題部に記載されているあるいは絵や図表などがある	

2　聞き取りのポイント

★ 「即時応答」で大切なのは、会話における応答能力で、まさに新しい日本語能力試験が重視するコミュニケーション能力をみるための「目玉」問題と言えます。

★ 場面によって、ちょっとした言葉遣いの違いによって、同じ内容のことを言っても、応答は変化しますから、ほとんど変化は無限といえます。したがって、問題集だけで対策を立てることは不可能です。また、日本での生活体験のない日本国外の日本語学習者には、極めて不利になることが予想されます。

★ 「即時応答」で問われるのは、即時応答能力なので、様々な会話をたくさん聞くことが、一番の対策になります。最善なのは、日本人の暮らしを描いたホームドラマをビデオなり、インターネットでダウンロードするなりして、くり返しくり返し聞くことでしょう。いわゆる視聴覚教材の活用がベストでしょう。ただし、時代劇や難しいテーマを扱った社会派ドラマはだめですよ。ホームドラマが一番です。

　　1　ホームドラマ・ビデオを見ながら聞く。

　　2　わからない語句が出てきたら、ひらがなで書き取り、辞書で調べる。

　　3　ビデオ一巻が完全聞き取れるようになるまで、繰り返し聞く。

　　4　3ができるようになると、次の作品は、より簡単に聞き取れるようになります。

★ 今後注目した方がいいのは、「ことわざ」を含んだ問題、中上級の表現文型を含んだ問題でしょう。そこで、基本練習では、主にこれらの問題を取り上げておきました。

★ 考えている時間はほとんどないので、わからないときは、直感で解答しておき、すぐ次の問題に備えることが必要です。

3 「即時応答」（問題４）の公開問題

（新しい「日本語能力試験」ガイドブック）

問題４では、問題用紙に何も印刷されていません。まず、文を聞いてください。それから、それに対する返事を聞いて、１から３の中から、正しい答えを一つ選んでください。

1番 (MP3 11-7)　　1　　　　2　　　　3

〈メモ〉

2番 (MP3 11-8)　　1　　　　2　　　　3

〈メモ〉

〈言葉と表現〉

1番

～っけ？：用於向對方確認時。是～的嗎？

～そうだ（伝聞）：聽說～

2番

～もらえない？：可以拜託～嗎？

あと～だけ：接下來就只有～

〈聞き取りのポイント〉

1番　答：3

「～っけ？」は疑問を表す終助詞。つまり、「今日は休みでしたか？」という意味。

スクリプト

（M：男性　F：女性、子ども）

1番

M：あれ、佐藤さんって、今日、お休みだっけ？

F：（……）。

　1　ええ、とても楽しかったです。

　2　はい、昨日休みでした。

　3　あ、午後からの出勤だそうです。

2番　答：1

残業してほしいといった上司に対して、どう答えるかという問題。

スクリプト

（M：男性　F：女性、子ども）

2番

F：今日ちょっと、残って仕事してもらえない？

M：（……）。

1　今日ですか。はい、わかりました。

2　すみません、今日遅くなったんです。

3　今日残っているのは、あとこれだけです。

VI　統合理解（問題5）

1　「統合理解」問題とは

　「統合理解」（問題5）は新しい問題形式です。内容的に関連がある複数の
テキストを聞き比べて、比較・統合をしながら理解できるかを問う問題です。
質問は一つのときと二つのときがあります。

　質問が一つの問題では、選択肢が問題用紙に書かれていません。問題は男女
三人の会話形式になっていて、本文に続いて、質問と選択肢がテープで流され
ます。

　質問が二つの問題では、選択肢が問題用紙に書かれています。最初に400字
程度の長めの話（テキストA）が流されます。次に、その話の内容に関連した
男女の会話（テキストB）が流され、最後に質問がテープで流れます。

問題形式の比較

〈質問が一つの「統合理解」〉	〈質問が二つの「統合理解」〉
1 状況説明が流れる	1 問題用紙に選択肢が書いてある
↓	↓
2 まとまりのある話（会話・説明etc.）が流れる	2 状況説明が流れる
↓	↓
3 質問文が流れる	3 まとまりのある会話が流れる。登場する人物は三名。
↓	↓
4 選択肢が流れる。（選択肢、絵や図表の記載なし）	4 質問文が流れる
	↓
	5 問題用紙に記載されている選択肢から正答を選ぶ

2　聞き取りのポイント

★ 質問が一つの問題では、男女三人の会話の中心テーマと話の概要をメモしながら聞くようにします。ただし、会話の最初の出だしから、会話の話題となっていることはわかりますから、ある程度、質問を予想しながら聞くことも可能です。この場合、全体のテーマを理解する大意取り（スキミング）という聞き方で臨むことになります。質問は５Ｗ２Ｈ（いつ、どこ、だれ、なぜ、なに、どう、いくら）が問題となることが多いので、話の展開を追いながら、ポイントを絞って聞きましょう。

★ 質問が二つの問題では、質問の内容が問題用紙に書いてあるので、選択肢の内容から、どのような質問かがある程度予想できます。最初に来る長めのテキスト（Ａ）が日常生活の内容の場合、５Ｗ２Ｈが問題となることが多く、ニュースや学術的な内容のテキストが最初に話される場合、「Ａは何について説明していますか」「Ａはどう考えていますか」「Ａが一番言いたいのはどのようなことですか」といったテーマや話者の意図や主張が問題になることが多いでしょう。後者の場合、男女の会話では何かのテーマについて是非を論じ合ったり、どうするか話し合う形が多くなりますから、それぞれの主張の「同じ点」「似ている点」「違っている点」、或いは「賛成しているか、反対しているか」に注意して聞きましょう。

★ あとで答えを記入する時間がないので、直接、解答用紙に記入しましょう。

3 「統合理解」（問題5）の公開問題

（新しい「日本語能力試験」ガイドブック）

問題5では、長めの話を聞きます。この問題には練習はありません。

1番 (MP3 11-9)

問題用紙に何も印刷されていません。まず、話を聞いてください。それから、質問と選択肢を聞いて、1から4の中から、正しい答えを一つ選んでください。

1　　　2　　　3　　　4

〈メモ〉

〈言葉と表現〉

禁煙する：禁菸

長生きする：長命百歲

寿命：壽命

被害を与える：帶來危害

責任重大：重責大任

体重が増える：體重增加

〈聞き取りのポイント〉

1番　答：4

　話の最後に、母親が「家族にも被害を与えているんですよ」と言ったのに対して、父親は「それは責任重大だね。じゃ、がんばってみるよ」と答えている。つまり、父親がタバコを吸わないことにしたのは、「家族の健康のため」となる。

スクリプト

（M：男性　F：女性、子ども）

1番

家族三人が父親のタバコについて話しています。

F：お父さん、またタバコですか。もうそろそろ禁煙してくださいよ。

M1：どうして？

F：お父さんには、長生きしてほしいし。

M1：それなら、大丈夫だよ。50歳を過ぎたら、タバコを吸っても、吸わなくても、寿命は変わらないって調査があったぞ。タバコをやめると太るって言うから、今の方が長生きできるってわけだ。

M2：お父さんはいいかもしれないけど、お母さんや僕は、毎日お父さんのタバコを吸わされてるわけでしょう？その方がもっと健康に悪いってテレビで言ってたよ。

F：そうよ。家族にも被害を与えているんですよ。

M1：そうか…それは責任重大だね。じゃ、がんばってみるよ。

F：そうですよ。おねがいしますよ。

お父さんはなぜタバコを吸わないことにしましたか。

1　長生きしたいから。

2　体重が増えたから。

3　60歳になったから。

4　家族の健康に悪いから。

N2（二級）
問題解答

Unit 1　エコマーク

〈基本練習〉

問題1

1. ×　　2. ○　　3. ○　　4. ×　　5. ○

6. ×　　7. ○　　8. ×　　9. ○　　10.×

問題2

1. 各社がばらばらの基準でマークをつけると、消費者が混乱してしまうから。

2. 訴えていることが正確であり、根拠がはっきりしているとき。

3. 「景品表示法」によって取り締まられる。

4. （略）

問題3

(1) a　　(2) b

〈実践練習〉

問題1

(1) 3　　(2) 4　　(3) 4　　(4) 1　　(5) 2

問題2

(1) 2　　(2) 4

問題3

(1) 1　　(2) 1

Unit 2　気候変動枠組み条約

〈基本練習〉

問題1

1. ○　　2. ○　　3. ×　　4. ○　　5. ×

6. ×　　7. ×　　8. ○　　9. ○　　10. ○

問題2

1. CO2の削減目標を定めることと、森林の減少をどうくい止めるかという2点。

2. 決めることができなかった。それは、数値目標を出すのは早すぎるという意見が出て、先進国の間での意見の一致が得られなかったから。

3. 先進国が率先してCO2をたくさん減らす約束をすること、先進国が途上国に省エネ技術を提供したり、環境保全のために資金援助したりすること。

4. 途上国にとって貧困の解決が優先課題であり、経済成長を遅らせたくないこと。

問題3

(1) a　　(2) b

〈実践練習〉

問題1

(1) 1　　(2) 4　　(3) 2　　(4) 1　　(5) 2

問題2

(1) 1　　(2) 1　　(3) 3

問題3

(1) 2　　(2) 2

Unit 3　DNA鑑定

〈基本練習〉

問題1

1. ○　　2. ×　　3. ○　　4. ○　　5. ○

6. ×　　7. ×　　8. ×　　9. ×　　10.○

問題2

1. DNAにはたくさん存在していて、繰り返し配列の数に個人差があるので、それを利用して個体を識別すること。

2. 犯人の特定、親子関係の証明、家畜の品質管理など。

3. 子どもの才能を知り、早いうちからその才能を伸ばしてやること。

4. （略）

問題3

(1) b　　(2) b

〈実践練習〉

問題1

(1) 1　　(2) 4　　(3) 3　　(4) 1　　(5) 3

問題2

(1) 1　　(2) 3

問題3

(1) 2　　(2) 4　　(3) 3

Unit 4　マラリアワクチン

〈基本練習〉

問題1

1. ×　　2. ○　　3. ○　　4. ×　　5. ○

6. ×　　7. ○　　8. ×　　9. ×　　10. ×

問題2

1. 薬箱にある薬を飲めば、頭痛や腹痛などが治るということは、昔の人にとっては想像もできないことだったから。

2. 熱帯地方の病気で、三大感染症の一つ。

3. マラリアワクチンを作っても、人々が貧しくて買えないので、製薬企業は開発に乗り気ではないから。

4. （略）

問題3

(1) a　　(2) b

〈実践練習〉

問題1

(1) 4　　(2) 3　　(3) 2　　(4) 3　　(5) 2

問題2

(1) 1　　(2) 3

問題3

(1) 3　　(2) 4　　(3) 3

Unit 5　食品表示

〈基本練習〉

問題1

1. ○　　2. ×　　3. ×　　4. ○　　5. ○

6. ○　　7. ×　　8. ○　　9. ×　　10. ×

問題2

1. 「薬はやっていない」とした方が高く売れるから。

2. 見ただけでは、産地や薬を使ったかどうかはわからないから。

3. 行政と業者の長年の癒着があるために、国や県などがきちんと取り締まってこなかったと言われている。

4. 自分たちが毎日食べる物に、目を光らせ、関心を持ち続けることが大切だということ。

問題3

(1) a　　(2) b

〈実践練習〉

問題1

(1) 3　　(2) 3　　(3) 2　　(4) 1　　(5) 2

問題2

(1) 3　　(2) 2

問題3

(1) 2　　(2) 4　　(3) 1

Unit 6　キャンパスライフ

〈基本練習〉

問題1

1. ○　　2. ×　　3. ○　　4. ×　　5. ×

6. ○　　7. ×　　8. ×　　9. ○　　10.○

問題2

1. 新入生ができるだけ早く学校生活に慣れるため。

2. 友だちを作るため。

3. 受験とか仕事とかに縛られず、自分の将来や、自分がほんとうにしたいことについて、じっくり考えることが許される時間だから。

4. （略）

問題3

(1) b　　(2) b

〈実践練習〉

問題1

(1) 3　　(2) 3　　(3) 2　　(4) 2　　(5) 2

問題2

(1) 4　　(2) 1　　(3) 1

問題3

(1) 3　　(2) 1

Unit 7　チョコレートの話

〈基本練習〉

問題1

1. ○　　2. ×　　3. ×　　4. ○　　5. ○

6. ○　　7. ○　　8. ×　　9. ○　　10. ×

問題2

1. 「神の食べ物、として。薬用や儀式で使われる飲み物だった。

2. 様々な病気、がん、動脈硬化、胃潰瘍などの原因にもなる、活性酸素の働きを防ぐ作用があると言われている。

3. ミネラルやポリフェノールなど。

4. （略）

問題3

(1) a　　(2) b

〈実践練習〉

問題1

(1) 3　　(2) 2　　(3) 3　　(4) 2　　(5) 1

問題2

(1) 2　　(2) 4

問題3

(1) 2　　(2) 1　　(3) 2

Unit 8　商業捕鯨をめぐって

〈基本練習〉

問題1

1. ○　　2. ○　　3. ×　　4. ×　　5. ○

6. ×　　7. ○　　8. ○　　9. ○　　10. ×

問題2

1. クジラが絶滅しないように管理する国際的な機関。

2. 種類によっては、クジラの絶滅が心配されるほど減ってしまったから。

3. クジラの数のデータが正しいかどうか不明であるとか、クジラのような
　　知能の高い動物を食べるのは残酷であるとかいった反対意見。

4. （略）

問題3

(1) a　　(2) a

〈実践練習〉

問題1

(1) 1　　(2) 3　　(3) 3　　(4) 2　　(5) 1

問題2

(1) 2　　(2) 4

問題3

(1) 3　　(2) 2　　(3) 4

Unit 9　不登校

〈基本練習〉

問題1

1. ×　　2. ×　　3. ×　　4. ○　　5. ×

6. ×　　7. ○　　8. ○　　9. ○　　10.×

問題2

1. 学校に行くのが嫌になってしまって通わなくなった子が、一年に30日以上欠席するケース。

2. ほんとうかどうか不明であり、来年以降も減り続ける保証はない。

3. 一人ひとりの悩みを聞いてあげることから始めなければいけないと言っている。

4. （略）

問題3

(1) a　　(2) a

〈実践練習〉

問題1

(1) 2　　(2) 4　　(3) 3　　(4) 1　　(5) 3

問題2

(1) 2　　(2) 4

問題3

(1) 4　　(2) 2　　(3)（質問1）1　　（質問2）2

Unit10　ゆとり教育の見直し

〈基本練習〉

問題1

1. ○　　2. ○　　3. ×　　4. ×　　5. ○

6. ○　　7. ○　　8. ×　　9. ○　　10. ×

問題2

1. 理科や算数、国語の授業で学んだ力を普段の生活の中に生かせるかどうかをみるテスト。

2. 子供たちが何が大切かを自分で考えて、自分で学び取っていく力。

3. 授業時間を減らしすぎたという反省。

4. （略）

問題3

(1) a　　(2) b

〈実践練習〉

問題1

(1) 3　　(2) 2　　(3) 3　　(4) 2　　(5) 1

問題2

(1) 4　　(2) 4

問題3

(1) 1　　(2) 3　　(3) 4

作 者 介 紹

◎ 目 黑 真 実

生於1948年1月3日，日本岡山大學法文學部法學科畢業。

至上海外國語學院漢語系留學後，成為日語教師。曾任新宿御院學院教務主任。現為龍櫻學院主任教師。並主持日語學習網站「日本語駆け込み寺」

日本語駆け込み寺：http://www.nihongo2.com/toppage.html

著作：「日語表達方式學習辭典」（鴻儒堂出版）

「話說日本人之心機能別日語會話」（鴻儒堂出版）

「日本留学試験対策総合科目基礎問題集185」等多冊。

譯 者 介 紹

◎ 徐 孟 鈴

學　　歷：東吳大學日本語文學系　學士

日本國立名古屋大學國際言語文化研究科日本言語文化專攻　碩士

日本國立名古屋大學國際言語文化研究科日本言語文化專攻　博士

主要經歷：日本東京外国語センター　中文教師

日本CCC中國語文化中心　中文教師

名古屋市國際留學生會館　中文教師

平山学園清林館高校（前津島女子高等学校）　中文教師

東吳大學推廣部　日文教師

現　　任：銘傳大學應用日語學系專任助理教授

著　　作：『日台接触場面の台湾人上級日本語学習者の依頼会話に関する研究―日本人・台湾人両母語場面と比較して―』 名古屋大學

鴻儒堂出版『階梯日本語雜誌』中文翻譯

國家圖書館出版品預行編目(CIP)資料

新日本語能力測驗對策N2(二級)聽解練習帳 / 目黑
真実編著；徐孟鈴譯. -- 初版. -- 臺北市：
鴻儒堂, 民100.03
面；　公分
ISBN 978-986-6230-05-9(平裝附光碟片)
1.日語 2.能力測驗
803.189　　　　　　　　　　　　99026575

新日本語能力測驗對策　N2（二級）

聽 解 練 習 帳

附MP3 CD一片・定價：380元

・・

2011年（民100）　4月初版一刷

本出版社經行政院新聞局核准登記

登記證字號：局版臺業字1292號

・・

編　　著：目 黒 真 実

中　　譯：徐 孟 鈴

發 行 所：鴻儒堂出版社

發 行 人：黃　成　業

地　　址：台北市中正區10047開封街一段19號2樓

電　　話：02-2311-3810／02-2311-3823

傳　　真：02-2361-2334

漢口門市：台北市中正區10046漢口街一段35號3樓

電話/傳真：02-2331-7986

郵 政 劃 撥：01553001

E - m a i l：hjt903@ms25.hinet.net

・・

鴻儒堂出版社設有網頁，歡迎多加利用

網址：http://www.hjtbook.com.tw